DESCOBRINDO OS CLÁSSICOS

UMA GAROTA BONITA

LUIZ ANTONIO AGUIAR

editora ática

Uma garota bonita

Conforme a nova ortografia da língua portuguesa

Gerente editorial	Claudia Morales
Editor	Fabricio Waltrick
Editor assistente	Emílio Satoshi Hamaya
Estagiária	Ana Luiza Candido
Colaboradora	Malu Rangel
Preparador	Agnaldo Holanda
Seção "Outros olhares"	Juliana de Souza Topan
Coordenadora de revisão	Ivany Picasso Batista
Revisora	Alessandra Miranda de Sá

ARTE

Editor	Vinicius Rossignol Felipe
Diagramadora	Thatiana Kalaes
Editoração eletrônica	Studio 3 e Iris Polachini
Pesquisa iconográfica	Sílvio Kligin (coord.)
Ilustrações	Rogério Soud
	Samuel Casal (caricatura)

CIP-BRASIL. CATALOGAÇÃO NA FONTE
SINDICATO NACIONAL DOS EDITORES DE LIVROS, RJ

A23g
2.ed.

Aguiar, Luiz Antonio, 1955-
Uma garota bonita / Luiz Antonio Aguiar; [ilustrações Rogério Soud]. - 2.ed. - São Paulo : Ática, 2010.
136p. : il. - (Descobrindo os Clássicos)

Contém suplemento de leitura
Inclui apêndice
ISBN 978-85-08-13471-7

1. Família - Literatura infantojuvenil. 2. Maturidade - Literatura infantojuvenil. 3. Novela infantojuvenil brasileira. I. Soud, Rogério, 1967-. II. Título. III. Série.

10-2010. CDD: 869.93
CDU: 821.134.3(81)-3

ISBN 978 85 08 13471-7 (aluno)
Código da obra CL 737335
CAE: 262107

2017
2ª edição
4ª impressão
Impressão e acabamento: Edições Loyola

Avenida das Nações Unidas, 7221
Pinheiros – São Paulo – SP – CEP 05425-902
Atendimento ao cliente: (0xx11) 4003-3061 – atendimento@aticascipione.com.br
www.aticascipione.com.br

O PRECONCEITO ATRAVÉS DOS SÉCULOS

Lúcia é uma garota de 16 anos que ganhou o apelido de "escandalosa" na escola onde estuda. E não à toa: ao completar três meses de namoro, ela se joga em cima de Daniel, enchendo-o de beijos na frente de todo mundo. Peninha, amigo do garoto, acha que ela é muito atirada e bonita até demais. E seu Donato, pai de Daniel, que já não gosta de Camélia, mãe de Lúcia, acha a menina "uma assanhada". Mais que isso, pensa que Camélia e Lúcia estão interessadas na posição de Daniel; afinal, seu Donato é dono da padaria do bairro. Já dona Carmem, mãe do garoto, acredita que Camélia é uma ótima pessoa. Mas não tem coragem de rebater as opiniões do marido e cala-se, submissa...

Portanto, não é todo mundo que parece querer a felicidade do casal; mas Lúcia não está preocupada com isso. Já o comportamento estranho de sua mãe, a quem Lúcia surpreende olhando fixamente para a capa de *Lucíola*, com uma lágrima escorrendo pelo rosto, a preocupa de verdade. Lúcia nem desconfia que a mãe guarda um grande segredo: quando jovem, ela foi prostituta. Só que um encontro inesperado com Dalva, outra prostituta, traz à tona o inferno que Camélia gostaria de esquecer. Mas Dalva não quer deixar nada no esquecimento: chantageia Camélia, ameaçando contar seu passado para todos.

O livro em que Camélia fixa desesperadamente o olhar, *Lucíola*, está sendo lido por sua filha. A narrativa escrita por José de Alencar em 1862 continua atual. É isso que o professor José Henrique mostra aos alunos: eles conversam sobre como a prostituição era abordada no século XIX e refletem como ela é tratada agora. Lúcia percebe que, na época de Alencar, as prostitutas eram indignas de amar, ser amadas e ser felizes. E as coisas não parecem ter mudado tanto... ou mudaram?

Camélia, por sua vez, sente-se perdida, sem rumo. Mas, depois de relembrar toda a luta para mudar de vida, ela decide ligar para Dalva e dizer que não vai pagar por seu silêncio.

Você deve estar se perguntando se Lúcia aceitará o passado da mãe. E como Donato e Carmem tratarão Camélia. E se o namoro de Lúcia e Daniel vai resistir.

Mas não vamos estragar sua surpresa, contando agora. É só virar a página e, de quebra, se encantar com a saga da personagem Lucíola, protagonista do livro de José de Alencar, tão tocante, romântica e reflexiva como só as boas personagens sabem ser.

Os editores

Os trechos de *Lucíola* foram extraídos da edição publicada pela Ática na série Bom Livro, 26ª edição (cotejada com a edição crítica do Instituto Nacional do Livro).

SUMÁRIO

– Quem é esta senhora? perguntei a Sá.

A resposta foi o sorriso inexprimível, mistura de sarcasmo, de bonomia e fatuidade (...)

– Não é uma senhora, Paulo! É uma mulher bonita. Queres conhecê-la?...

Lucíola, *de José de Alencar*

• 1 •

O lampiro noturno

O despertador na mesinha ao lado da cama de Lúcia já estava no quarto estágio do toque de despertar. O primeiro equivalia a alguma coisa do tipo *Bom dia, querida. Vamos acordar?*. O segundo era algo como *Ei, eu disse... BOM DIA! Levanta!*. O terceiro, já impaciente, era do tipo *Garota! Não adianta me ignorar! Abra os olhos!*. E o quarto era o *Ah, é? Foi você quem pediu!...!!!*.

Ainda havia os estágios cinco, seis e sete.

Até o sétimo, ela jamais havia resistido.

Diziam as lendas que era de doer! Malvado de verdade!

Mas, naquela manhã, o estágio quatro fora o bastante para Lúcia abrir os olhos de repente, bem brilhantes. Isso porque uma lembrança de que dia era aquele conseguiu passar pelo bloqueio de sonolentas nuvens e penetrar em seus pensamentos logo no primeiro instante de retorno dos sonhos.

Era o dia em que ela e Daniel faziam três meses de namoro.

E, ainda mais numa história de namoro como a deles, isso tinha de ser bem comemorado.

Lúcia esticou a mão, apertou a tecla no topo do despertador ("Cala a boca, chato!") e o bicho-bravo-saltitante imediatamente se aquietou. Com um sorriso malandro no rosto, Lúcia agarrou o celular de cima da mesinha e o abriu.

Naquela semana, a imagem que representava Daniel em sua agenda era a de um urso panda agarrado num bambu, mastigando brotos. Seu primeiro impulso foi ligar para o garoto e acordá-lo, dizendo: “Cara, te amo, tá? Levanta e vem me encontrar!”.

Mas a garota parou para pensar. Daniel era meio bagunçado. E se tivesse, antes de dormir, largado o celular na mesinha da sala, e em vez dele, cheio de sono, quem atendesse fosse o mal-humorado do pai, seu Donato?... Que, aliás, era metido o bastante para ir abrindo o celular do filho sob a desculpa de que era “a única maneira dessa porcaria parar de tocar, droga!”.

– Ahhhh...! – lamentou-se Lúcia, fazendo bico manhoso.

Mas, a seguir, pensou que, se não podia acordar o namorado, podia, assim que chegasse ao colégio, correr pra cima, atirar-se sobre ele gritando e, apesar de ele ser um grandalhão todo forte, derrubá-lo de costas no chão, com ela montada nele. Isso, claro, na frente de todo mundo!

Daniel ficava vermelho, morrendo de vergonha, com esses ataques da namorada, o que tornava tudo ainda mais divertido para Lúcia. Claro que ela sabia que fazia aquilo, entre outras coisas, exatamente para deixar o garoto sem graça.

Antecipar a cena foi o bastante para Lúcia saltar da cama e correr para o banheiro.

Meia hora depois, banho tomado e toda produzida (não largou do espelho até se achar linda e deliciosa!), entrava na cozinha. Mas parou, um passo interrompido ainda no ar, ao ver sua mãe.

Ou melhor, ao ver o jeito como Camélia estava.

Lúcia encontrou a mãe sentada, imóvel, numa das cadeiras junto à mesa do café da manhã. Ainda estava com a bolsa pendurada no ombro, e livrar-se da bolsa era praticamente a primeira coisa que fazia toda manhã ao entrar em casa. Lúcia entendeu que ela tinha acabado de chegar do plantão no hospital. E que entrara como sempre pela porta da cozinha. O que não entendia era por que a mãe arriara ali, naquela cadeira. Nem por que tinha nas mãos o livro, *Lucíola*, que Lúcia havia largado em cima da mesa na noite anterior. ("Depois, só o Daniel é que é o bagunceiro! Hum!") Muito menos por que o olhar da mãe estava cravado na capa do livro (mais precisamente, no título), e tão cravado que nem percebeu a entrada da filha.

E a garota entendeu muito menos ainda por que uma lágrima escorria pelo rosto da mãe, indo parar nos lábios trêmulos da mulher.

– Mãe... – chamou Lúcia, em voz baixa e assustada.

Ela não levantou os olhos.

– Mãe! – repetiu Lúcia.

E só então Camélia ergueu a vista. No primeiro instante, Lúcia viu medo naquele olhar, e poucas vezes vira algo assim no olhar da mãe. Mas foi muito rápido, tanto que Lúcia ficou sem ter certeza se tinha visto direito, e Camélia afugentou o medo, ou o que quer que fosse, e sorriu para a filha.

– Bom dia, meu amor – disse. Mas seu sorriso estava triste.

– Tudo bem? – perguntou Lúcia, ainda parada na porta.

– Claro – apressou-se a responder Camélia, levantando-se. – Vem logo tomar seu café. Você não está atrasada?

Lúcia ainda ficou um instante, confusa, olhando para a mãe. Os lábios de Camélia já não tremiam. Mas o risco da lágrima ainda brilhava na face dela. E a mulher não largava o *Lucíola*.

– Tudo bem mesmo? – insistiu Lúcia.

– Tudo.

Então, percebendo que segurava o livro, quase como se fosse um espelho de mão onde vira algo que não queria ter visto, largou-o sobre a mesa. E largou-o de supetão, como se estivesse queimando os dedos dela de repente.

– O plantão foi pesado? – perguntou Lúcia.

Camélia estava vestida como de hábito: calças jeans, camiseta básica, cor de areia – era sempre uma cor discreta –, um tênis baixo; ela não usava maquiagem. Os cabelos, muito curtos, estavam bem assentados. Também como de hábito.

– Mais ou menos como sempre. Acabei de chegar – respondeu enfim Camélia. E, quase a contragosto mas sem poder resistir, tornou a cravar os olhos no livro. – Você está lendo *Lucíola*?

– Só começando. O José Henrique disse que a história é muito bonita. Você já leu?

– Já... – respondeu lentamente a mulher. Lembrando coisas... – Faz tempo. É... é mesmo uma história... bonita.

Camélia se ergueu e finalmente a bolsa deslizou do ombro da mulher e foi pendurada na cadeira. Geralmente, quando a garota entrava na cozinha, a mãe já havia preparado o café forte, que tomava puro, em copo de vidro, enquanto Lúcia bebericava seu leite batido com mel e frutas e comia seu sanduíche de duas metades de pão árabe com queijo minas e uma fatia de peito de peru. Ou alguma variação dessa receita. Mas Lúcia também reparou que não havia cheiro de café fresco, pairando na cozinha, naquela manhã.

– Você está estranha – disse Lúcia, ainda pregada na porta.

– E você precisa tomar logo seu café da manhã, senão vai se atrasar para o colégio.

– Você chegou mais tarde hoje? – perguntou a garota, enquanto abria a geladeira.

– Não – respondeu Camélia.

– Então por que ainda não preparou o seu café?

Camélia riu, sem graça.

– Ora, todo dia eu tenho de tomar café? Hoje não estou com vontade.

Lúcia deu de ombros. Esquisitices da mãe, então. Fazer o quê?

A garota bateu o leite com maçã e banana no liquidificador. Camélia preparou o sanduíche dela e o colocou num pratinho sobre a mesa. Depois ficou de pé, por trás da filha, enquanto a garota, muito compenetrada, iniciava seu desjejum.

– É, foi isso... – disse Camélia.

– Isso o quê? – Lúcia já estava pensando em outra coisa.

– Você não perguntou sobre o meu plantão? Foi isso mesmo. Um bocado pesado, essa noite. Muita... correria. Muito susto. Eu estou cansada. É só isso.

Camélia sempre esperava a filha sair antes de ir tomar banho, e só depois ia dormir algumas horas.

– Você tem de continuar pegando esses plantões a noite inteira? Deve ser uma barra!

– É o que paga nosso aluguel – disse Camélia, acariciando os cabelos da filha. – Estou acostumada. Trabalho de enfermeira é assim mesmo.

– Eu sei. Você é um "lampiro noturno".

– Eu sou o quê?

– Está aí no livro... – Lúcia, de um pulo, deixou a cadeira e esticou a mão para pegar o *Lucíola*. Leu, então, em voz alta: – "*Lucíola* é o lampiro noturno que brilha de uma luz tão viva no seio da treva e à beira dos charcos. Não será a imagem da verdadeira mulher que no abismo da perdição conserva a pureza d'alma?". Lampiro é a mesma coisa que vaga-lume!

– Você está me chamando de *inseto*? – brincou Camélia. Lúcia riu, com uma expressão malandra no rosto:

– Bom, o nome da personagem é que é nome de inseto. Mas Lucíola é um jogo de palavras com essa história do inseto, que deu no título do livro. O nome da personagem mesmo é...

– ... Lúcia – completou Camélia. E sorriu de novo. Um sorriso novamente triste. – Seu nome.

– Mãe! – debochou a garota. – A Lúcia do livro é uma prostituta. Dona Camélia, que furo me dar esse nome, hein?

– Eu não sabia... só li o livro depois. Essa história de só ter conseguido estudar já velha, você sabe. Tanta coisa eu só fui saber depois.

– Velha, não. Você não tinha nem trinta anos. Isso não é nada de velha. Nem hoje você é velha. Se desse um trato nas roupas, arranjava fácil um namorado.

– Não estou interessada – disse Camélia, com uma careta. – Termina seu café, menina.

– Além disso, adoro meu nome! – disse a garota, esticando a língua para fora.

– Diz logo – debochou Camélia. – Você se adora!

– Tenho minhas razões – replicou Lúcia. E deu uma risada, voltando para a mesa. Minutos depois, ela saía para o colégio, e Camélia, em vez de ir tomar seu banho, sentou-se de volta na cadeira e ficou ali longos minutos, parada, olhando para o chão.

As mãos de novo começaram a tremer, os lábios também, e ela deixou escapar um soluço.

– E agora, meu Deus... E agora, hein?

Então, subitamente, irritada consigo mesma, agarrou a bolsa e tirou um pedaço de papel, com um número de celular anotado. Ficou pensando, hesitante. Ora queria amassar o papelucho e jogá-lo na lixeira: "Ou queimo logo essa porcaria?"; ora sentia medo. Sim, fazia tempo que não sentia medo. Ela fechou a mão, ainda com o papel, apertou a bolsa contra o peito e se levantou da cadeira.

– Ô, seu Destino, escuta aqui! – disse. – Cá entre nós, o senhor é cruel... E um grande debochado!

• 2 •

Que raivem os moralistas!

– Quer dizer... – explicou José Henrique. – Que se encham de raiva! Que...

– ... que se danem! – completou Lúcia.

– Em bom português...! – disse José Henrique, sorrindo. – Essa é a ideia do que está escrito aí, nessa abertura do *Lucíola*, já prevendo as críticas: “Deixem que raivem os moralistas”. Ler esse livro é a oportunidade não apenas de observar personagens vivendo dramas profundos, que tocam a gente, mas também de descobrir segredos que a sociedade da época não queria ver ditos assim, abertamente. É uma grande obra, essa que vocês têm nas mãos. Precisou de coragem para ser escrita. Daí, esse desabafo no início do romance.

Era um grupo de alguns poucos adolescentes que se reuniam na biblioteca do colégio depois da aula – o *Clube de Leitura*, bolado pelo professor de Literatura, José Henrique. Só participava quem queria, ninguém estava ali obrigado. A ideia era leitura livre, sem prova nem cobrança. E nada ligado à matéria de classe – tudo pelo gosto de ler boa literatura. A garotada escolhia o livro que queria ler e discutir, ou da própria cabeça ou de uma lista de títulos sugeridos por José Henrique, que fazia o *marketing* de cada história, apresentando tramas e personagens. Daí, liam em casa, anotavam seus comentários e se encontravam duas vezes por semana. Na hora das reuniões do *clube*, sentavam-se em círculo, em almofadas no chão, e iam trocando ideias sobre o livro, cada um falando o que havia sentido, entendido, pensado... E José Henrique ia dando toques, pedindo para aprofundarem suas sacações, para justificarem, argumentarem...

– Eu achei meio difícil o começo – disse Daniel, bem grudado em Lúcia. – Meio antigo. Essas palavras...

– Encontrei um bocado delas no dicionário – disse Alexa, a Alessandra. – E a maior parte a gente vai pegando pelo sentido do texto.

– E quem disse que *Lucíola* é uma história tão antiga...? – provocou José Henrique.

– Puxa! – exclamou Daniel. – Esse livro foi publicado lá em 1861! E diz aí que a história se passa anos antes disso. Bota antigo nisso.

– Não é a data que torna um livro antigo, ou não... Querem ver? O que essa introdução está prevendo é que muita gente naquele tempo iria protestar vendo a história de uma prostituta sendo publicada em capítulos nos jornais. Então, para aquele tempo, José de Alencar foi muito ousado. Há cenas que chegam a ser eróticas!

– Não brinca – disse Daniel, folheando seu exemplar. Lúcia lhe deu um beliscão, rindo:

– Deixa de ser safado – sussurrou a garota.

– Juro... – assegurou José Henrique. – Tanto é que uma vez, faz uns anos, quando pedi a uma turma minha para ler esse livro, houve reclamações de muitos lados.

– Você disse para a turma que não era mais para ler o livro? – estranhou Lúcia.

– Não... – José Henrique coçou a cabeça –, mas tive de teimar um bocado. Então, mesmo tão recentemente não era fácil falar sobre prostituição. A não ser que fosse para sair condenando, como se todas as prostitutas fossem sujas, filhas do demônio. Imaginem então naquele tempo! Ou melhor... imaginem uma sociedade toda voltada para as aparências. Rapazes de respeito, que casariam com moças castas, puras, quase santas... E se tornariam maridos, ainda respeitáveis e respeitados...

– Isso tá me parecendo bem chato – disparou Lúcia. E Alexa concordou:

– Casamento assim deve dar é mofo!

– Tá, pode ser... Mas o caso é que era essa, pelo menos, a regra geral. O mais visível. Daí, vem José de Alencar e diz que esses rapazes e esses maridos respeitáveis, enquanto deixavam suas castas noivas e esposas em casa, solitárias, iam se divertir com as prostitutas da corte. E gastavam fortunas, dando a elas presentes e promovendo festas, que eram verdadeiras orgias, madrugada adentro, em chácaras retiradas. Era algo que todo mundo sabia que acontecia, mas pouca gente gostou de ver isso exposto e assumido. Essa não era a imagem da corte que se queria ver difundida. Até o imperador, D. Pedro II, criticou *Lucíola*. O imperador achou o livro "licenciosamente realista", estranhando que tivesse sido escrito por um homem público – já que Alencar exercia cargos políticos na época. E olha que todo mundo na corte sabia que, em matéria de fidelidade conjugal, Sua Majestade era quase tão capeta quanto o pai dele, o Dom Primeiro, que, como é mais do que falado até hoje, bem...

– Quer dizer – cortou Alexa –, as prostitutas eram *a peste*, mas os caras que se divertiam com elas... ora, eram homens, e daí nada de mais, né? Todo mundo achava isso o máximo!

– Quem sabe as mulheres da época gostaram do livro? – emendou Lúcia. – Era como se alguém falasse por elas, finalmente, não era?

Foi a vez de Daniel beliscar a namorada:

– Lá vem a feminista. Isso também é bastante antigo, sabia? Ora, peraí! Parece até que é superlegal ser prostituta.

– Não tô dizendo isso – reclamou Lúcia, um pouquinho irritada. – É outra coisa, olha só... Já imaginou se chifrassem tanto os dons Primeiro e Segundo quanto eles chifraram elas? As mulheres deles deviam ficar bem magoadas, não é? Que vida tinham as pobres? Ainda mais tendo de bancar as imbecis, enquanto a fama dos maridos corria mundo. E hoje? Por que quando chamam um garoto de *galinha* ele fica todo orgulhoso? É elogio! Mas, quando chamam uma *garota* de galinha...!

– Garota que já teve mais de três namorados no mesmo ano não arranja mais namorado nenhum – afirmou convicta Alexa. E todos olharam para ela.

– Mas de onde foi que você tirou essa? – estranhou Gebê, que era o apelido do Gustavo Bernardo.

– Todo mundo sabe! – replicou a Alexa, especialmente zangada por ser Gebê quem a estava desafiando. Gebê e Alexa eram um caso sem solução.

Mas a afirmação de Alexa fez todas as garotas assentirem com a cabeça, concordando. Alguns dos garotos riram, meio sem graça.

– Estão vendo? O *Lucíola* não é nada antigo – retomou José Henrique. – Olha só: Em 1951, teve um filme inspirado nesse romance. Chamou-se *Anjo do lodo*. Reparem bem no título... Sugestivo, né? E mais, foi estrelado por uma atriz famosa chamada Virgínia Lane. Foi a primeira vez que uma atriz brasileira tirou a roupa num filme, e vocês podem imaginar que o nu naquela época era uma coisa quase inocente, bem discreta, comparado ao que a gente vê hoje em dia em horário nobre na tevê. Mas o escândalo foi enorme. A Virgínia Lane contou, numa entrevista, faz uns anos, que quase o casamento dela acabou por causa disso. E a fama com que ela ficou? Tão vendo? Noventa anos depois do livro... Olha a história chegando cada vez mais perto da gente.

– Que raivem os moralistas! – disse enfática Lúcia, brandindo no alto debochadamente o punho cerrado. E foi tão caricatural que todos no círculo caíram na risada.

• 3 •

Escandalosa

Havia acontecido antes das aulas, logo no começo daquela manhã em que o Clube de Leitura se reuniu e em que Lúcia e Daniel completavam três meses de namoro...

E, na verdade, a cena fora ainda um pouco mais apimentada do que a garota tinha imaginado.

Lúcia sabia que Daniel ainda não tinha chegado. Daí, ficou de tocaia.

A entrada do colégio era ampla, com grandes portas envidraçadas. Havia um *hall* e uma escadaria de oito degraus largos. No topo da escadaria, no meio, havia uma estátua de Dom Quixote, que era o nome da escola, em tamanho natural. Foi atrás da estátua que Lúcia se escondeu naquela manhã.

Daniel era bem mais dorminhoco do que Lúcia. Sempre chegava no colégio na corrida, esbaforido; se ainda não atrasado, já quase. No que ele atravessou as portas de vidro, a garota se lançou pelos degraus abaixo, berrando o nome do garoto. Daniel tomou um susto. Ficou paralisado.

Lúcia pulou sobre ele. E tão surpreso ele ficou que, conforme ela desceu sobre o garoto, no impulso da escadaria, Daniel perdeu mesmo o equilíbrio bem como ela havia planejado e caiu de costas no chão. Daí, com Lúcia montada sobre ele, chamuscando beijos e repetindo: Namorado *gotôso*! Namorado *gotôso*!, Daniel só conseguia gaguejar:

– Lúcia! Tá todo mundo vendo.

E estava mesmo. A garotada fez uma roda em torno deles, uns dando gargalhadas, quase todo mundo batendo palmas.

– Podem ver à vontade! – disse ela, rolando para o lado, rindo.

Até três meses atrás, eles eram amigos. Amigos de infância, vizinhos de rua, de brincarem juntos desde que começaram a andar, de terem saído várias e várias vezes no tabefe. De terem ficado envergonhados, quando começou a acontecer um calor maior no rosto deles, só de olharem um para o outro, e fugirem para casa sem explicação. Claro que foi Lúcia que se tocou primeiro que estava apaixonada por Daniel. E claro que Daniel teve quase que ser prensado numa parede para dar o primeiro beijo nela.

Ou melhor, no duro, no duro, foi Lúcia quem beijou Daniel.

E o garoto, pasmado, só então, depois daquele beijo, entendeu... por que ultimamente vinha ficando todo atrapalhado quando Lúcia chegava; logo ela, que ele conhecia desde criança! E por que arrumava com Lúcia brigas de que nem ele entendia o motivo. E por que ficava triste, com vontade de se trancar no quarto, quando conseguia zangá-la e ela ficava dias sem procurá-lo...

Porque nada disso ia mais precisar acontecer, nem brigas inventadas, nem raivas que viravam tristeza, porque...

– Feliz três meses de namoro! – disse ela, os dois ainda no chão, ela apertando o rosto dele entre as mãos, espremendo-lhe a bochecha e repetindo: "*gotôso*!".

O garoto riu. À distância, um inspetor fez cara feia para eles. O Dom Quixote era um colégio liberal. Mas nem tanto.

Os dois se levantaram, ainda rindo, e de mãos dadas subiram as escadas.

E de mãos dadas, ou bem colados um no outro, ficaram quase a manhã inteira, na classe, até a hora do Clube de Leitura.

Só se separaram um instante, quando Lúcia deu um pulo no banheiro, e foi quando o Peninha, amigão do Daniel, chegou em cima dele:

– Três meses, é? Nem dá pra acreditar.

Daniel deu uma risada.

– E você apostou que não ia durar, né?

– Ah, é que a Escandalosa é danada mesmo. Ela é totalmente... *cheguei*. Já teve gente que não aguentou namorar com ela, você sabe disso. Eu vi o lance hoje na entrada do colégio. Tava bem atrás de você.

– Tá com inveja, é? – provocou Daniel. – Bem que você ia gostar se fosse com você.

– Quem disse? Não gosto muito de garota assim... atirada! E ela se atirou mesmo em cima de você, não foi?

Daniel deu de ombros. Sentiu o rosto ficar vermelho. No segundo seguinte, franziu a testa. Havia acabado de sentir um tom qualquer do qual não gostara nada, no que o Peninha dissera. O amigo percebeu a zanga e se emendou:

– Ah, desculpa... Foi mal! Não tem nada a ver! Tá, eu reconheço que ela é uma garota bonita. Bonita... – e engoliu o que ia dizer, porque percebeu que só ia se enrolar mais ainda, mas seria: "Bonita até demais!". Daí repetiu: – É, foi mal, foi mal!

– Foi péssimo! – disse Daniel. Mas a zanga nem chegara a se assentar. Ele e Peninha também eram amigos de infância, desses que já haviam contado tudo um para o outro.

– Tchau, tô indo! – disse Peninha, quando viu Lúcia voltando.

Lúcia Escandalosa, era assim mesmo que muita gente a chamava. E, fazendo por merecer o apelido, já de longe gritou o nome do namorado, zumbiu nos lábios um beijo de chamar a atenção de todo mundo e correu para ele. Dessa vez, Daniel se preparou para apará-la e não caiu. Rodopiaram os dois, ela agarrada no pescoço dele, as pernas da garota enlaçando-lhe a cintura, ambos às gargalhadas.

• 4 •

Um perfil de mulher

A primeira vez que vim ao Rio de Janeiro foi em 1855. Poucos dias depois da minha chegada...

Lúcia tinha voltado algumas páginas, depois do encontro do Clube de Leitura, para entender melhor, entre outras coisas, quem estava contando a história. "Já matei essa", comemorou a garota. "Tem um truquezinho logo na abertura. Lá, o texto é assinado por uma tal de G.M., e ela escreve esse trecho como se fosse ao autor de umas tais cartas que a G.M. reuniu e daí fez esse livro... É tanto drible que o José de Alencar conseguiu ficar meio que fora dessa, nem parece que foi ele quem escreveu o *Lucíola*. Será que essa jogada foi só de charme ou para se proteger um pouco dos protestos contra o livro?... Essa GM deve ser invenção dele, só pode!"

A garota pensou um pouco na própria pergunta. Depois, avançou para o primeiro capítulo.

"Ah, já sei. Nesse joguinho, o Paulo teria mandado para a tal GM umas cartas contando a história toda. Que começou quando ele acaba de chegar no Rio de Janeiro."

Poucos dias depois da minha chegada, um amigo e companheiro de infância, o Dr. Sá, levou-me à festa da Glória, uma das poucas festas populares da corte.

"Devia ser legal...", pensou Lúcia. "Uma multidão de gente na rua, numa procissão para a igreja, e isso na principal cidade do país!"

A lua vinha assomando pelo cimo das montanhas fronteiras; descobri nessa ocasião, a alguns passos de mim, uma linda moça, que parara um instante para contemplar no horizonte as nuvens brancas esgarçadas sobre o céu azul e estrelado. Admirei-lhe do primeiro olhar um talhe esbelto e de suprema elegância. (...)

– Quem é esta senhora? perguntei a Sá.

A resposta foi o sorriso inexprimível, mistura de sarcasmo, de bonomia e fatuidade (...)

– Não é uma senhora, Paulo! É uma mulher bonita. Queres conhecê-la ?...

"Taí, esse tal Dr. Sá... (que jeito de chamar um amigo de infância, formal pra caramba, né? Coisa da época.) Mas o caso é que o modo dele falar da Lúcia foi malandrinho demais para o meu gosto! E o Paulo a seguir fica todo envergonhado, se achando o maior ingênuo... O rolo dele e da Lúcia já começou esquisito!"

Feita a apresentação no tom desdenhoso e altivo com que um moço distinto se dirige a essas sultanas do ouro, e trocadas algumas palavras triviais, meu amigo perguntou-lhe:

– Vieste só?

– Em corpo e alma.

– E não tens companhia para a volta?

Ela fez um gesto negativo.

– Neste caso ofereço-te a minha, ou antes a nossa.

– Em qualquer outra ocasião aceitaria com muito prazer; hoje não posso.

– Já vejo que não foste franca!

– Não acredita?... Se eu viesse por passeio!

– E qual é o outro motivo que te pode trazer à festa da Glória?

– A senhora veio talvez por devoção? disse eu.

– A Lúcia devota!... Bem se vê que a não conheces.

– Um dia no ano não é muito! respondeu ela sorrindo.

– É sempre alguma coisa, repliquei.

Sá insistiu:

– Deixa-te disso; vem conosco.

– O senhor sabe que não é preciso rogar-me quando se trata de me divertir. Amanhã, qualquer dia, estou pronta. Esta noite, não!

E ainda com raiva de todo o desdém implícito nas palavras de Sá, o amigo de Paulo, no livro, Lúcia se lembrou de outro comentário de José Henrique:

"Já haviam aparecido muitas personagens prostitutas em romances anteriores. Geralmente, eram modelos quase caricaturais, moralistas, feitas para dar enjoo na gente, repugnância! Dentes podres, bafo de bebida, pessoas vis, enfermas, até mesmo cruéis. Corrompidas. Mulheres perdidas. E só serviam como pano de fundo ou de figurante da história. Essa coisa de uma prostituta ser a heroína de um romance, cheia de sentimentos e atitudes nobres, como vocês vão ver nessa personagem, Lúcia, é rebeldia bem do Romantismo. Do mesmo jeito que alguns poetas românticos falavam dos escravos e pediam a abolição do cativeiro e que outros escritores defendiam os pobres, os oprimidos! Coisa de Alexandre Dumas e Victor Hugo! De Castro Alves... E, em alguns aspectos também, de José de Alencar! O Romantismo buscava com frequência denunciar a hipocrisia e expor tudo o que a sociedade queria ocultar. Já Alencar, nesse romance, foi mais ousado do que em toda a sua obra. Aqui, ele não oculta nada. Pelo contrário."

Uma bela manhã, pois, estava na crítica posição de um homem que não sabe o que fazer. (...)

De repente caiu-me um nome da memória. Achara em que empregar a manhã.

– Vou ver a Lúcia.

(...) poucos minutos depois subia as escadas de Lúcia, e entrava numa bela sala decorada e mobiliada com mais elegância do que riqueza. Ela mostrou não me reconhecer imediatamente; mas apenas falei-lhe do nosso primeiro encontro na Rua das Mangueiras, sorriu e fez-me o mais amável acolhimento. Conversamos muito tempo sobre mil futilidades, que nos ocorreram; e eu tive ocasião de notar a simplicidade e a graça natural com que se exprimia.

(...) Uma ocasião, sentados no sofá, como estávamos, a gola de seu roupão azul abriu-se com um movimento involuntário, deixando ver o contorno nascente de um seio branco e puro, que o meu olhar ávido devorou com ardente voluptuosidade. Acompanhando a direção desse olhar, ela enrubesceu como uma menina e fechou o roupão; mas doce e brandamente, sem nenhuma afetação pretensiosa.

"Cara!...", pensou Lúcia, soltando um assovio. "Hoje, parece boba, mas, acho que, naquele tempo, uma cena dessa de seio explícito devia ser o máximo do romance-pornô. O Paulo já está nocauteado por ela, olha só!"

"Quando me lembrava das palavras que lhe tinha ouvido na Glória, do modo por que Sá a tratara e de outras circunstâncias, (...) tudo me parecia claro; mas se me voltava para aquela fisionomia doce e calma, perfumada com uns longes de melancolia (...) o meu pensamento impregnado de desejos lascivos se depurava de repente, como o ar se depura com as brisas do mar que lavam as exalações da terra. (...)

Depois de uma hora de conversa despedi-me, e voltei sem ter arriscado um gesto ou uma palavra duvidosa. (...)

Na rua achei-me tão ridículo com os meus vinte e cinco anos e os meus escrúpulos extravagantes, que estive para voltar. Como podia eu temer um engano, depois do que sabia dessa mulher? (...)

No dia seguinte à mesma hora voltei à casa de Lúcia; achei-a ao piano.

– O que estava tocando?

– Nem sei!... Uma valsa que aprendi de ouvido.

– Continue!

– Não sei tocar, não! Estava brincando; não tinha que fazer. Como passou de ontem?

– Bem, obrigado. Já vê que a minha segunda visita não se demorou muito.

– Ainda assim não compensa a demora da primeira.

– Sentiu essa demora? Qual! Ontem nem me conheceu. (...)

– (...) Queria ver se ainda se lembrava do nosso primeiro encontro, respondeu ela furtando o corpo ao meu abraço.

– Duvidava? (...) Estou vendo-a como a vi da primeira vez!

– Como daquela vez não me verá mais nunca!

– O que lhe falta?

– Falta o que o senhor pensava e não tornará a pensar! disse ela com a voz pungida por dor íntima! (...)

– O que é então? Venha dizer-me.

Passei-lhe o braço pela cintura e apertei-a ao peito; eu estava sentado, ela em pé; meus lábios encontraram naturalmente o seu colo e se embeberam sequiosos na covinha que formavam nascendo os dois seios modestamente ocultos pela cambraia. Com o meu primeiro movimento, Lúcia cobriu-se de ardente rubor; e deixou-se ir sem a menor resistência, com um modo de tímida resignação.

Quando porém os meus lábios se colaram na tez de cetim e meu peito estreitou as formas encantadoras que debuxavam a seda, pareceu-me que o sangue lhe refluía ao coração. As palpitações eram bruscas e precípites. Estava lívida e mais branca do que o alvo colarinho do seu roupão. Duas lágrimas em fio, duas lágrimas longas e sentidas, como dizem que chora a corça expirando, pareciam cristalizadas sobre a face, de tão lentas que rolavam.

(...)

Pungiu-me aquela aflição.

Retirei vivamente o braço; enquanto Lúcia sentava-se trêmula, afastei-me revoltado contra mim, e ao mesmo tempo indignado contra essa mulher que zombava da minha credulidade, e contra Sá que me iludira. (...)

Um instante depois ouvi sua voz doce e carinhosa:

– Não se agaste comigo!

Voltei-me; ela sorriu a dois passos de mim, e com uma expressão suplicante, como de quem pedisse perdão.

– Acabemos com isso, Lúcia. Sabes o que me traz à tua casa: se te desagrado por qualquer motivo, dize francamente, que eu tomo o meu chapéu e não te aborrecerei mais. Se pensas que valho tanto como os outros, não percas o tempo a fingir o que não és. Esta comédia de amor pode divertir os mocinhos de 18 anos e os velhos de 50; mas afianço-te que não lhe acho a menor graça.

"Ô cara insensível!", revoltou-se Lúcia. "Só quer que a garota faça o que ele quer e pronto! Eu dava é um chute nele, e agora! Mas parece que minha xará aí não vai dar nenhuma dura no cretino. Que falta de amor-próprio!"

– Não seja tão injusto. Em que lhe pareço fingida? Já me perguntou alguma coisa que eu lhe negasse? Já me recusei a um pedido seu?
(...)
– Mas, há pouco, o que significavam essas lágrimas?
– Ah, não repare! Sofro do coração; às vezes sobe-me o sangue à cabeça, fico muito pálida, e sinto uma dor aguda que me arranca lágrimas dos olhos!... Não é nada; passa-me logo. Já passou! concluiu com um sorriso dorido.
– É diferente; desculpa. Incomodava-me essa ideia de pensares que estava disposto a fazer-te a corte. Seria soberanamente ridículo para nós ambos.
– Decerto!

"Rídiculo é ele!", protestou intimamente Lúcia.

Lúcia acompanhou estas (...) palavras com um riso estridente e um olhar que ainda vejo brilhar nas sombras de minhas recordações: olhar vivo e cintilante, que luziu como as chispas do brilhante ferido pela réstia da luz, e veio bater-me em cheio na face, cobrindo-me com o mais agro desprezo que pode estilar um coração de mulher.

Dirigiu-se a uma porta lateral, e fazendo correr com um movimento brusco a cortina de seda, desvendou de relance uma alcova elegante e primorosamente ornada. Então voltou-se para mim com o riso nos lábios, e de um gesto faceiro da mão convidou-me a entrar.

(...)

Lúcia não disse mais palavra; parou no meio do aposento, defronte de mim.

Era outra mulher.

Com um suspiro, meio que de raiva de Paulo, meio que de tristeza solidária com sua xará literária, Lúcia fechou o livro.

Já estava com sono. Esticou a mão e pegou o celular. Abriu-o, correu a agenda, e lá estava a foto do urso panda. Deu dois beijos na telinha, imaginando estar estalando os lábios na bochecha de Daniel.

– Boa noite, namorado! – disse.

Desligou o abajur e, em menos de dois minutos, já adormecia.

• 5 •

O labirinto do passado

– O que você contou à garota sobre o pai dela?

Camélia sustentou sobre o rosto da outra mulher um olhar gelado. Não havia telefonado para ela, afinal, depois de muito hesitar, retirar várias vezes o papelucho com o número do celular da bolsa, enfiá-lo lá de novo, jurando que não telefonaria. Mas não jogou fora o papel, e Dalva é que acabou procurando-a no hospital.

– Não é da sua conta o que eu disse! – replicou afinal Camélia.

Dalva deu uma risada, seguida de um acesso de tosse. Naquele instante, Camélia se deu conta de que nem sequer sabia como ela se chamava. Dalva era seu nome de guerra, nunca seria o nome verdadeiro dela. Sem abrir a boca, Camélia apertou os dentes. Nomes de guerra eram coisas que vinham lá do seu passado. De labirintos que ela pensara haver cerrado as portas, deixando os monstros lá dentro, presos para sempre.

Enganara-se.

– Deve ter sido a história de sempre, não foi? – debochou Dalva. – ... Que o pai morreu antes dela nascer, essas bobagens. É isso que a sua filha acha que aconteceu? E fotografias, ela não pergunta se você, já que eram tão apaixonados, não tem fotografias dele? Uma foto 3 x 4 vagabunda que seja? Conheci uma colega que contratou um sujeito para sair por aí tirando fotografias com ela. Enganou bem! Até se casou e arrumou pai pro filho, graças a essas fotos. Eu soube quando você largou a rua, mudou de cidade. Faz tempo, né? Então, a sua garota deve estar grande. Como é mesmo o nome dela?

Camélia se manteve em silêncio, sem responder:

– Por que você tinha de aparecer? – disse, com voz irritada.

– Acontece – replicou Dalva – que eu apareci. Azar o seu!

Esse reencontro fora há duas noites.

Dalva dera entrada na emergência com o rosto todo arrebentado e várias escoriações pelo corpo – todos os indícios de ter sido surrada. Além disso, estava alcoolizada, com uma tosse crônica que prenunciava um enfisema pulmonar e, pelo exame de sangue, um processo infeccioso qualquer que só poderia ser identificado se ela se submetesse a novos exames. No entanto, Dalva fugiu do hospital assim que pôde andar de novo.

Porém, nas poucas horas em que estivera internada, uma enfermeira viera atendê-la...

Camélia não a reconheceu. Tinham a mesma idade, ou talvez Dalva fosse um ou dois anos mais nova; só que estava muito acabada. Já Dalva reconheceu Camélia imediatamente.

– Você não mudou nada! – admirou-se Dalva. – Como era mesmo que se chamava na nossa época? Seu nome de guerra?

Camélia não quis sequer lembrar. Era algo que parecia trancado também, lá atrás, junto com todo o resto. Ver Dalva, hoje, era ver aquilo no que ela poderia ter se tornado, do que escapara. Dalva, ao contrário dela, não encontrara a saída do labirinto.

– Mas é isso, então – disse Dalva, acendendo um cigarro. – Eu estou aqui, e você não vai querer que sua filha descubra que você nem sabe quem é o pai dela, não é? Que nem lembra como eram as fuças dele e...

– Cala a boca – sussurrou Camélia, cravando um olhar de ódio na outra mulher. Teve ímpetos de pular no pescoço dela e apertar. Talvez tivesse feito isso tempos atrás. Quando era outra pessoa. Uma pessoa que não tinha uma filha, que não tinha Lúcia, que não tinha uma vida... Uma pessoa feito Dalva, ali na sua frente.

– Eu calo – disse Dalva, rindo. – Mas isso vai custar dinheiro. Quanto você tem na sua poupança? Uns cinquenta mil?

– Você ficou doida?

– Certo, trinta mil? Não? Dez? Dez mil pelo menos você tem de ter juntado, ou então essa sua vida honesta não compensa.

– Por quê? – disparou Camélia, não resistindo mais. – A sua compensa? Dá pra jurar que você não conseguiu juntar mais do que isso com a *sua* vida.

– A nossa!

– Eu mudei! Não sou mais... quem você conheceu.

– A gente nunca deixa de ser. Os *outros* não deixam.

Os olhos das duas se encontraram. E não havia nem raiva no olhar de Camélia, nem aquela ferocidade predadora, de dois segundos atrás, no de Dalva. Camélia sussurrou:

– A vida não foi nada boa com você, foi?

A outra engoliu um soluço, controlou a ardência que ameaçava umedecer os seus olhos e respondeu, no mesmo tom, quase sem mexer os lábios:

– Você nem imagina...! – Entretanto, um instante depois, seu rosto se crispou, e ela disse rispidamente: – Dez mil? – Camélia ainda hesitava. – Ora, qual é? Vai dizer que não tem uma mixaria dessas? Vai ficar se apegando a valores materiais e deixar a sua filha ter a vida dela arruinada?

– Cínica! – grunhiu Camélia.

– Que é isso? Quem avisa, amiga é. Olha, se ela fica sabendo, não vai perdoar você. E se os seus vizinhos ficam sabendo?

Os colegas dela de escola, já pensou? Nunca mais ela vai ser respeitada por ninguém. Vocês vão ter de mudar de cidade de novo. E o seu emprego aqui? Pense no bem da sua filha, no bem de vocês! Você vai querer ver sua menina destratada... obrigada a virar... que nem a gente? Você conhece essa história. Basta ganhar fama. Já imaginou ela ser apontada na rua?

– Cala a boca, sua...

– Sua, o quê... colega? – Camélia conteve-se. Dalva sorriu.

– ... Dez mil?

– Dez mil! – disse enfim Camélia, comendo-se de raiva. E era praticamente tudo o que tinha na poupança.

– Decidiu certo! Está pagando pouco, se é para manter sua vidinha e a vidinha de sua filha... Quando, então? Hoje? Onde a gente se encontra? Nada de cheque, hein? Negócio honesto é com dinheiro na mão! – E Dalva soltou a fumaça de seu cigarro quase na cara de Camélia. Mas, na hora em que se despediu, por um relance, o seu olhar se abrandou de novo, e ela falou, num tom quase que de desculpas: – Essa vida da gente... ensina a sobreviver. Você entende, não é? Você... sabe.

Dalva não esperou resposta. Virou as costas e se afastou. Mesmo assim, Camélia, para si mesma, num sussurro, disse:

– Sim, eu sei... – e respirou fundo, endurecendo as feições do rosto.

• 6 •

Sem reticências

– Vida fácil? – repetiu Lúcia, furiosa. – Não acredito que você disse isso, Daniel. Você tá mesmo chamando a Lúcia de "mulher de vida fácil"?

– Tá! Então, vou chamar do quê? Trabalhadora do sexo?

– Pode chamar de prostituta, ora! Pode chamar do nome que quiser, tem dúzias deles. O diabo é você pensar que elas fazem isso porque gostam de... *vida fácil*. A vida delas era um inferno.

Já era noite, Camélia estava no plantão, Daniel e Lúcia reliam o trecho que haviam discutido no Clube de Leitura, horas antes. Era um trecho em que Sá convida Paulo, vários amigos, Lúcia e outras moças para uma festa numa chácara que ele tem, fora da cidade.

> *A sua casa de moço solteiro estava para isso admiravelmente situada entre jardins, no centro de uma chácara ensombrada por casuarinas e laranjeiras. Se algum eco indiscreto dos estouros báquicos ou das canções eróticas escapava pelas frestas das persianas verdes, confundia-se com o farfalhar do vento na espessa folhagem; e não ia perturbar, nem o plácido sono dos vizinhos, nem*

os castos pensamentos de alguma virgem que por ali velasse a horas mortas.

– Esse negócio de báquico é grego, né? – quis confirmar Daniel, lembrando uma explicação de José Henrique.

– É, vem do deus Baco, que é o nome romano de Dioniso. Deus do vinho. E as bacantes promoviam os bacanais, em homenagem ao deus.

– Coisa de quem ganha a vida dando duro! – provocou Daniel. E não resistiu a continuar: – É, vida fácil tem meu pai, que acorda às quatro da manhã para abrir a padaria e pôr o forno pra esquentar. Mas, também, que tem de mais? Fica logo na esquina da nossa rua, né? Uma moleza!

– Não enche! – grunhiu Lúcia, e, compenetrada, retomou a leitura em voz alta:

Não posso deixar de fazer-lhe uma breve descrição dessa parte da casa, que ocupava a ala direita do edifício, formando uma espécie de pavilhão. Era o palácio encantado do sibaritismo, que só de longe em longe e nas horas mortas da noite, abria suas portas à chave de ouro para alguns adeptos de seu culto ou para algum profano que desejasse iniciar-se nos lúbricos mistérios. (...)

Sentamo-nos dois a dois, porque só havia na sala quatro cadeiras (...) eram cadeiras medidas para dois corpos, espécies de pequenos sofás de palhinha, onde se estava mais do que comodamente. Esta singularidade era um símbolo da união, ou melhor, da comunhão, que o dono da casa queria que houvesse durante a ceia: não eram oito pessoas, mas quatro amigos que se divertiam em amável companhia. (...)

Depois da sopa, Sá ergueu o copo cheio de velho madeira e saudou os seus hóspedes:

– Estão feitos os cumprimentos, meus senhores: gozemos. É meia-noite, disse mostrando a pêndula de alabastro. Até uma hora come-se. (...) a hora seguinte bebe-se. É bastante? (...) Finalmente, meus senhores, às duas horas em ponto, imola-se a razão no fundo das garrafas. (...) As duas horas portanto para-se a pêndula. Abolição completa da razão, do tempo, da luz; e inauguração solene do reinado das trevas e da loucura. (...)

Não tomei nem uma parte nesse primeiro tiroteio; Lúcia apenas dissera uma palavra. Ela estava visivelmente contrariada; por momentos caía em profunda distração, de que eu a tirava a custo; depois tomava-se de um estouvamento e sofreguidão que não era natural. Uma vez levantado o cálice, a contração muscular foi tão violenta que o cristal espedaçou-se entre as falanges delicadas. Tinha-se ferido, e para estancar o sangue, mergulhou o dedo no meu copo cheio de Sauterne: o áureo licor enrubesceu; e eu esgotei-o até a última gota num assomo de galanteio romântico.

Lúcia acompanhou o meu movimento com um olhar tão cheio do que olhava, como se eu lhe bebera a própria vida nessas gotas tintas de seu sangue.

– Se o bebesse todo!... balbuciou.

– Tu morrias, Lúcia! respondi sorrindo.

– Eu... viveria; e o resto seria pasto dos vermes, como foi pasto dos homens.

– Ah, sei! – comentou Daniel. – E se esse jeito tipo "tristinha e melancólica" for o *tchan* dela? Enquanto isso, ela está lá, numa tremenda festa, bebendo e comendo do melhor e ganhando joias de presente.

Lúcia só faltou espumar.

Na verdade, a briga tinha começado ainda no Clube de Leitura. José Henrique estava justamente comentando essa passagem:

– Acontece – explicava José Henrique – que José de Alencar, como bom romântico, tinha um projeto... uma missão para a sua literatura. Ele estava convencido, como muitos outros escritores, de que o Brasil, um país ainda tão jovem, independente de Portugal havia apenas algumas décadas, tinha de buscar sua identidade nacional. Por isso, escreveu sobre os índios e sobre populações de todo o Brasil, transformando-os em heróis da nova terra. Adeus, então, aos heróis europeus. Nós tínhamos os nossos! E não apenas regionais. Alencar era inteligente o bastante para saber distinguir onde estava o centro nervoso e intelectual da nova pátria. Era na corte. Era aqui que se formava e daqui que se irradiava a identidade deste país para todo o território brasileiro. Os estrangeiros nos queriam ver apenas pelo nosso lado exótico...

– Que nem hoje! – intrometeu-se Lúcia. – Tem turista que vem para cá pensando ainda que o Brasil é só praia e floresta. E o corpaço das brasileiras, claro!

– Pois é! Agora, olhem só que curioso. Ainda há disso atualmente na cabeça de muita gente. O Brasil de hoje é pelo menos oitenta por cento urbano, cosmopolita. Ou integrado ou dependente da cultura globalizada, variando de acordo com o ponto de vista – reforçou José Henrique. – Mas, quando se fala em cultura brasileira, tem muita gente que não leva essa realidade em consideração. Gente que anda em busca do que seriam nossas *verdadeiras* raízes. Ora, nossa cultura é hoje acima de tudo produzida nas grandes cidades e, nesse sentido, somos muito mais universais... planetários. Para o bem ou para o mal, repito, mas o caso é que não estamos isolados do resto do mundo, nem somos um feixe de tradições paradas no tempo. Tudo isso está em movimento, uma coisa entrando em conflito com a outra, disputando lugar, subjugando, predominando, combinando-se mutuamente, transformando-se. Essa é a matéria viva da nossa cultura e o Brasil é toda essa mistura!

– Noutro dia – disse o Gebê – pintou esse papo lá na aula de português. Sobre essas palavras em inglês que a gente usa à beça. Shopping... deletar...

– O professor explicou que deletar vem do latim – protestou Alexa, e de um jeito tão irritadinho que fez Lúcia revirar os olhos, já adivinhando que a amiga só queria implicar com o Gebê. – Queria dizer mesmo apagar, desde lá de Roma. Ele disse que toda língua pega palavras de outras, e que isso não para nunca, enquanto a língua está viva. Daí, esse negócio do que é original do português é fogo de dizer. Depois do latim, até árabe se meteu na história. E aqui no Brasil, misturavam-se os idiomas indígenas, os dos negros trazidos da África, teve a moda do francês e depois a moda do inglês, e mais um bocado de rolos até hoje. Só que eu acho que quando a gente abrasileira a palavra ela vira nossa e pronto. Quem vai tomar de volta?

– Pois olha que discussões parecidas com essas aconteciam desde Alencar – disse José Henrique. – Na época, houve quem olhasse com desconfiança os romances urbanos dele, achando que ali não havia nada de genuinamente brasileiro.

– Mas o que seria essa coisa genuinamente brasileira? – indagou Lúcia.

– É difícil responder. Na época, talvez aqueles heróis indígenas dos romances indianistas que ele escreveu. Ou talvez a natureza tropical, que estimulou uns e outros a fantasiarem que aqui era o Éden bíblico perdido. Algo nascido aqui, entendem? Sem as confusões da *civilização*. Sem problemas, sem conflitos consigo mesmo nem com seu ambiente. Mas é que nem com nossa língua, o português. Num país que recebeu de fora sua cultura, que aqui foi misturada a diversas influências, é difícil dizer o que é genuíno e o que é brasileiro. Talvez o brasileiro seja justamente essa coisa...

– ... Meio mulata, meio mestiça, meio de-tudo-um-pouco! E é uma música totalmente diferente dessas todas! – raciocinou Alexa, e se esquecendo de tudo em volta, deu uma cantarolada numa melodia que lembrou na hora. Alexa era supermusical, bamba num cavaquinho e em rodas de samba.

– Isso! – exclamou José Henrique, contente com a criatividade da comparação. Daí, respirou fundo e trouxe de volta a conversa para a literatura de Alencar... – Daí, nessas novelas urbanas, esses críticos diziam que eram simples transposição de tramas *estrangeiros* para a corte. Que cegueira! Alencar estava justamente explorando temas universais com personagens e ambientações brasileiras. Era nosso contato, especial e peculiar, com o todo do mundo. Nisso, ele foi um precursor de Machado de Assis.

A comparação fez a turma se concentrar ainda mais na sua fala. Ele continuou:

– Mas, atenção... – e José Henrique se deteve um instante e sorriu – era uma fantasia. Nada aqui é documentário. Nada aqui é um estudo de história de mentalidade e de costumes. É uma fantasia romântica. Ficção, romance... Os perfis de mulher, ou os romances urbanos de Alencar, apresentavam o que seria a intimidade, a alma da corte, do centro do país, onde o nosso destino e caráter enquanto nação estavam se definindo. Com seus vícios, caprichos. Um país que era dos poucos do mundo a manter a escravidão, mas apegado a seu delírio de se querer à imagem e semelhança das nações europeias. Uma imagem quase estrangeira, feita por nós sobre nós mesmos, na qual as elites se reconheciam, mas eram estranhas ao que as cercavam. Uma imagem que deixava de fora as classes mais pobres, os cortiços do centro da cidade, as epidemias, todos os problemas de um país que fora sugado até o fim pelo colonizador e que mal progredia. De certo modo, era acima de tudo como sonhavam que o Brasil deveria ou poderia ser.

– Peraí! – protestou Daniel. Era meio raro ele abrir a boca, e todo mundo se voltou para encará-lo. – Você tá me dizendo que o José de Alencar queria que uma prostituta representasse o que era genuinamente brasileiro...?

Lúcia chegou a corar de vergonha só por causa da entonação da voz do namorado. Não gostou nadinha.

– Mas que preconceito! – reclamou a garota.

– Peraí, sim – insistiu Daniel. – Isso é contra você também. Contra qualquer mulher, qualquer garota. Então, com tanta história para contar, ele foi logo escolher como heroína uma mulher de vida fácil! Que onda! Só mesmo para fazer sucesso!

E foi dali que começou a briga de Daniel e Lúcia.

– Tá vendo? – defendeu apaixonadamente a garota. – Que vida fácil que nada! Olha como ela, a Lúcia, é usada nessa festa. Ela é uma vítima... É como ela disse, "pasto dos homens".

– Não vem com essa! Tá querendo que eu acredite que ela é uma coitadinha, é? Não inventa!

Lúcia mandou um soco, daqueles de afundar até o osso, no ombro do namorado. A garota tinha um soco bem forte. Sabia disso. E Daniel também.

– E essa história – perguntou Gebê – de o Alencar ser meio que realista, meio que romântico?

– Olha, se vocês quiserem um escritor que se encaixe direitinho numa definição de escola literária, escolham um bem medíocre. Não um gênio, não um Alencar, um Machado de

Assis e outros como eles. Fica mais fácil, assim, rotular, classificar bem fechadinho, etiquetar e fim de papo, enfim, dizer que o cara é isso, só isso, e pronto. Parece mais simples. Mas essa é a diferença entre um escritor comum e um gênio. Porque o gênio extrapola, extrapola o que os outros em volta dele estão fazendo, e o que se faz na época dele.

– Entendi – reforçou Gebê. – Se ele fizesse tudo de acordo com a receita, não era nada mais do que os outros, certo? É porque contraria a moda que ele é um gênio.

– Essa é uma das razões, sim, Gebê – empolgou-se José Henrique. – A gente se dá muito mal quando tenta rotular um gênio. E Alencar era genial para a literatura do seu tempo. Daí, em *Lucíola*, tem todo um jogo romântico, de amor e tragédia, de heroína de amor impossível, mas também tem cenas que, no Brasil da época, raramente eram colocadas no papel. Cenas... nuas e cruas. Literalmente! Sem reticências, como escreve o personagem Paulo! Reparem nessa sequência, que vem a seguir. O próprio Paulo, que está escrevendo para a G.M., fica cheio de cuidados, preocupado.

> *(...) Com efeito, a reticência não é a hipocrisia no livro, como a hipocrisia é a reticência na sociedade?*
>
> *Sempre tive horror às reticências; nesta ocasião antes queria desistir do meu propósito, do que desdobrar aos seus olhos esse véu de pontinhos, manto espesso, que para os severos moralistas da época, aplaca todos os escrúpulos, e que em minha opinião tem o mesmo efeito da máscara, o de aguçar a curiosidade.*
>
> *(...)*
>
> *A minha história é imoral; portanto não admite reticências (...)*

Entretanto, se este manuscrito tivesse de sair à luz pública algum dia, e um editor escrupuloso quisesse dar ao pequeno livro passaporte para viajar das estantes empoeiradas aos toucadores perfumados e às elegantes banquinhas de costura, bastaria substituir certos trechos mais ousados por duas ordens de pontinhos.

A que se reduz por fim de contas a moral literária! Ao mesmo que a decência pública: a alguns pontos *de mais ou de menos.*

Daí, depois de todo aquele rolo, Daniel e Lúcia, à noite, sozinhos, só então e finalmente o garoto teve coragem de dizer uma coisa que lutou consigo mesmo para segurar, na sessão do Clube.

– Ô, Lúcia, nem vem. Tô te estranhando. Essa moça do Alencar não presta! Não presta mesmo e não tem jeito. Meu pai disse uma vez que prostituta é...

Lúcia fechou os ouvidos de tanta raiva. Mas reconhecia que a cena que vinha a seguir era chocante mesmo... Ela via aquilo de modo diferente de Daniel. Sentia-se como se estivesse, assim como a Lúcia do romance, sob olhares famintos, mas que ao mesmo tempo não disfarçavam o desprezo pela moça.

A garota se sentiu invadida.

– Mas o senhor não sabe então?... perguntou erguendo os grandes olhos límpidos e fulgurantes.

– Sei tudo, mas não o quero saber; e menos de tua boca! Não sou para ti mais do que os outros; não te mereço nada; porém deixa-me a venda sobre os olhos, eu te peço! Sinto-me feliz com ela.

– O que não o impediria de ver-me com indiferença passar dos seus braços aos de qualquer destes homens, daquele velho por exemplo.

– Serias capaz de fazer isso, Lúcia?

– O que tenho eu feito toda a minha vida? Logo ou alguns dias depois... Questão de tempo!

– Não falas seriamente! É impossível!

– Aborreço o fingimento: não gosto de passar pelo que não sou. É tão ridícula essa comédia do amor, que representam os velhos e os meninos!

O escárnio da repetição de palavras, que eu lhe dissera na véspera, esmagou-me.

– Estás tão calada agora, Lúcia! exclamou o Couto.

– Paulo está naturalmente fazendo-lhe a corte! replicou Sá rindo.

– E por isso Lúcifer desapareceu do horizonte!

– Lúcifer espera o reino das trevas! O Sr. Paulo fazendo-me a corte!... Seria soberanamente ridículo para nós ambos!

– É a segunda vez que repetes uma palavra dita por mim num momento de despeito! Se te ofendi, perdoa-me, murmurei à meia-voz.

– Gostei da frase!

Cansada de brigar com o namorado, a garota tentou desviar o assunto:

– É bem moleque esse jogo de nomes... Lúcia... Lúcifer...

– E a festa, agora, virou mesmo bacanal!

– Você só pensa nisso! – disparou Lúcia, agora recuperando um pouco do bom humor...

(...) a pêndula marcava uma hora e quarenta minutos; pouco tardaria o momento solene que o dono da casa (...) destinara para a inauguração da loucura.

– Meus senhores, confesso que a minha vaidade de anfitrião, amador das artes, está um tanto humilhada!

Ainda não disseram uma palavra a respeito dos meus quadros! (...)

– Mas são realmente soberbas estas pinturas!... exclamou o Couto. Que posições admiráveis!... Ressuscitariam um morto. Apenas noto a ausência absoluta do sexo feio. (...)

– Pois, meus senhores, continuou Sá, mostrando-lhes estas pinturas, preparei-lhes uma agradável surpresa. É nada menos que o original delas; não o original frio e calmo, mas um verdadeiro modelo, vivendo, palpitando, sorrindo, esculpindo em carne todas as paixões que deviam ferver no coração daquelas mulheres. (...)

– Lúcia vai mostrar-nos. (...)

– Tu não farás isto, Lúcia! disse-lhe eu à meia-voz.

Dobrando como uma palma flexível o seu talhe esbelto, atirou-me ao ouvido uma palavra, que vazou no meu cérebro e correu-me pela medula dos ossos, como gota de metal em fusão.

– É preciso pagar a conta da ceia!

Travei-lhe da mão:

– Eu te suplico.

O seu corpo oscilou; caiu inerte sobre a cadeira.

– Que é isso? exclamou Sá. Tens vergonha de Paulo? É a única pessoa demais que está hoje aqui.

– Ah! não é a primeira vez? perguntei empalidecendo.

– Será a primeira vez que copiará estes quadros, pois não há oito dias que os comprei; mas Lúcia não precisa de modelos, e já nos mostrou, não uma, porém muitas noites, que tem, com a beleza dos anjos, o gênio da estatuária. Não é verdade, meus senhores?

– Bem vês, Sá, que a honra não é para todos. Sou indigno dela! disse eu.

– O que me está parecendo é que Lúcia quer apaixonar-te.

Soltei uma gargalhada.

– Perde o seu tempo! A mim?

Lúcia ergueu a cabeça com orgulho satânico, e levantando-se de um salto, agarrou uma garrafa de champanha, quase cheia. Quando a pousou sobre a mesa, todo o vinho tinha-lhe passado pelos lábios, onde a espuma fervilhava ainda. Ouvi o rugido da seda; diante de meus olhos deslumbrados passou a divina aparição que admirara na véspera.

Lúcia saltava sobre a mesa. Arrancando uma palma de um dos jarros de flores, trançou-a nos cabelos, coroando-se de verbena, como as virgens gregas. Depois agitando as longas tranças negras, que se enroscaram quais serpes vivas, retraiu os rins num requebro sensual, arqueou os braços e começou a imitar uma a uma as lascivas pinturas; mas a imitar com a posição, com o gesto, com a sensação do gozo voluptuoso que lhe estremecia o corpo, com a voz que expirava no flébil suspiro e no beijo soluçante, com a palavra trêmula que borbulhava dos lábios no delíquio do êxtase amoroso.

(...) A mulher que com seus encantos cevava outros olhos que não os meus, a estátua animada de desejos que eu não havia excitado, em vez de provocar em mim a admiração, indignou-me. Tive vergonha e asco, eu, que na véspera apertara com delírio nos meus braços essa mesma cortesã, menos bela ainda e menos deslumbrante, do que agora na sua fulgurante impudência.

Quando a mulher se desnuda para o prazer, os olhos do amante a vestem de um fluido que cega; quando a mulher se desnuda para a arte, a inspiração a transporta a mundos ideais, onde a matéria se depura ao hálito de Deus; quando porém a mulher se desnuda para ce-

var, mesmo com a vista, a concupiscência de muitos, há nisto uma profanação da beleza e da criatura humana, que não tem nome.

É mais do que a prostituição: é a brutalidade da jumenta ciosa que se precipita pelo campo, mordendo os cavalos para despertar-lhes o tardo apetite.

– Acho que, se esse cara aparecesse numa praia, hoje em dia, ia ter uma síncope. Ele é bem machista!

E lembrou então o José Henrique, durante a sessão do Clube, que falou: "Alencar não era nenhum revolucionário. Ele tinha o espírito dominante da época pesando sobre a maneira como via as coisas. Era conservador, no que toca aos costumes, e cheio de restrições quanto ao que deveria ser um comportamento 'recatado' para as mulheres".

E Daniel complementou:

– Ele está contando essa história como um homem brasileiro do século XIX, como um sujeito mediano daquele tempo e lugar... veria as coisas.

– Acho que ele fica em cima do muro! – acrescentou Lúcia, sondando o rosto de Daniel. O garoto tentou com todas as forças fazer cara de paisagem, de nem-que-sim-nem-que-não. Lúcia não se convenceu e insistiu: – É bem isso mesmo. E esse tal de Paulo não é nada diferente. Ele se faz de bonzinho, mas só quer se dar bem com a Lúcia. No fundo, despreza ela, olha só...

(...) tive dó dessa moça. Que motivo a obrigava a descer tão baixo? (...) havia naquela mulher um quer que seja, que revelava à primeira vista a nobreza do caráter. Devia de ser a depravação; mas a depravação como ainda não tinha encontrado, que se violentava, em vez de comprazer-se nos seus excessos.

– Bem... – observou Lúcia –, esse tal de Paulo pode até ser machão, mas não é idiota. Pelo menos está reconhecendo que para a Lúcia aí do romance não é... fácil. Nadinha!

Daniel lançou um olhar zangado para a namorada e a leitura continuou.

Lúcia, trançando a sua longa manta listrada de escarlate, que a envolveu como um pálio romano, voltara ao seu lugar e amolgara sobre a cadeira um corpo sem articulações. Os aplausos e a ruidosa grita continuavam no meio do fogo rolante de ditos licenciosos. (...)

– E tu, Nina, não queres que também admiremos a tua beleza? dizia Sá. (...)

– Nada, ainda não desci a este ponto.

– Com efeito é preciso ter perdido a vergonha, murmurou Laura com desprezo.

Lúcia, que saíra da mesa, voltou-se com uma dignidade e nobreza impossível de pressentir na cortesã da véspera e na bacante de há pouco; mas essa expressão foi rápida; sucedeu-lhe a habitual doçura, ainda realçada por um tom humilde. (...)

– Tens razão, Laura, perdi a vergonha para ganhar o dinheiro de que precisas; e desci a este ponto, Nina, desde que me habituei a desprezar o insulto, tanto como o corpo que nós costumamos vender.

E sem esperar resposta, dirigiu-se à porta e saiu. (...)

– Tá, do jeito dela – reconheceu Daniel. – Essa Lúcia da história é bem honesta.

Se aquilo foi uma proposta de trégua com a namorada, deu certo. A garota se aconchegou no corpo forte e grande de

Daniel. Mas estava sentindo uma tristeza estranha, sem vontade de dizer nada.

– Me abraça? – pediu ela ao garoto. E teve mesmo é vontade de dizer "Me protege... Me protege contra esses olhares que violentaram nessa cena o corpo nu da Lúcia. Me abraça forte e não fala mais nada, vai!".

E, bem como ela estava precisando, o abraço de Daniel, naquele momento, foi gostoso toda vida.

• 7 •

Mulher da vida

– Ela não é doutora coisa nenhuma! – ralhou enfezado seu Donato. – Doutora de quê? Estudou para ser doutora?

– Estudar, estudou – replicou dona Carmem. – É enfermeira, não é?

– Enfermeira não é doutora! – teimou, cada vez mais zangado, seu Donato. – Esses vizinhos ignorantes é que chamam ela de doutora. E essa história do Daniel estar namorando a filha dela?

Dona Carmem soltou um suspiro abafado, desses que não eram para o marido perceber. Na televisão ligada, passava a novela das nove, mas ela mal prestava atenção. Já estava prevendo o que ia acontecer. Conhecia Donato. E, quando ele não estava dormitando sentado, em frente da tevê, começava com um assunto desses, em que ia irritando a si mesmo, num crescente, e logo estaria até gritando, ou pelo menos falando bastante rispidamente, como se estivessem discutindo; enquanto ela, no que o marido acelerava a raiva, ia se encolhendo, encolhendo, até se ver emudecida.

Havia vezes em que dona Carmem dava graças a Deus quando via o marido tombar a cabeça de sono. Ia passar a noite nessa solidão com ele ali ao lado entreabrindo um olho vez por outra, bufando e voltando a cochilar, mas, pelo menos, pensava, ele não a poria nervosa. Sim, porque, mesmo calada, mesmo sem nem olhar para ele, mesmo deixando-o brigar sozinho enquanto não adormecia sentado, ela sempre ficava nervosa.

"E depois quem toma comprimido pra dormir sou eu!", dona Carmem reclamava consigo mesma.

A rua era quase toda de pequenas casas térreas, naquele bairro modesto, com pessoas que haviam morado ali a vida toda. Camélia tinha chegado havia cerca de doze anos, Lúcia tinha acabado de fazer quatro anos; portanto era considerada uma moradora nova. A padaria Princesa da Villa (com dois "ll", dos quais seu Donato fazia questão) ficava na esquina, onde a rua se encontrava com a avenida que levava do bairro ao centro.

Às vezes, mais para ver gente, dona Carmem ia ajudar no balcão, atendendo os fregueses de sempre. Outras vezes, não. E o marido nunca dizia nada se ela ia, nem se deixasse de ir. Podia até passar o dia na padaria, que era como se não estivesse estado lá.

Sem pensar, dona Carmem falou:

– Taí, acho que a Lúcia faz um bem danado pro Daniel. Ele assim corre menos o risco de ficar igual a... – então ela se calou, assustada com o que ia dizer. E não teve coragem de olhar para o marido.

Seu Donato também interrompeu o discurso, surpreso, e ficou calado, esperando. Até porque já não estava falando de Lúcia, voltara à mãe da garota. Como a continuação da frase da esposa não veio, ele deixou para lá, e retomou o que dizia:

– Eu é que não me trato com ela. Isso é charlatanismo, sabia? Enganação! E todo mundo aqui, quando fica doente, chama essa mulher. Que metida ela é. Só falta passar receita pra comprar remédio em farmácia.

– Isso ela não faz, é proibido – disse Carmem, quase num sussurro. – Chamam ela até de madrugada e a Camélia nunca cobrou um tostão de ninguém.

– Cobrar? Era só o que faltava. Aí era caso de polícia.

– Todo mundo sabe que ela não é médica. Chamam de doutora quase... de gratidão.

– Mas ela se mete. Tira pressão de todo mundo da rua.

– Quando pedem. Camélia é muito prestativa.

– E toma o pulso, já vi ela com aquele troço de escutar o coração pendurado no pescoço...

– Estetoscópio. Enfermeira usa também. Vi no hospital. Lembra, quando eu fiquei internada?

– Ela é uma solta na vida, não é? Vive por aí... Cala-te boca! Mas, a filha, que modos! Aposto que não é mais...

Na tevê, passou-se para os comerciais; depois recomeçavam as cenas da novela. Dona Carmem não percebeu nem ida nem volta.

"Eu não consigo mais dormir sem tomar comprimido", pensou.

Dona Carmem tinha um caderno secreto. Nele, anotava um e outro acontecimento que achava importante. E de uns anos para cá vinha encontrando cada vez menos acontecimentos que se animasse a anotar em seu caderno secreto. Mas anotava também coisas que havia escutado outras pessoas dizerem, ou frases que lia, e que achasse interessantes, pensamentos, até muitas perguntas a si mesma. E pequenos poemas. Escrevia desses poemas desde adolescente. Nunca os mostrara para ninguém. E, também ultimamente, vinha sentindo cada vez mais dificuldade em terminá-los. Assim, lá ficavam, alguns versos, e o poema por concluir algum dia. O último, lembrou-se, naquele instante, tinha dois versos só:

Mulher da vida,
vida de mulher.

E dali não prosseguira.

– Essa menina não é pro Daniel – continuou Donato.

– Eles cresceram juntos, a gente mora na mesma rua... não é pra ele por quê? Donato, por favor!

– Não é, e pronto. Ele tem futuro. Ele, sim, vai se formar, tirar diploma, tudo como deve ser. Essa menina, eu não gosto dela. Vivo dizendo isso pro Daniel.

– Eu sei.

– Essa história de ele estar lá à noite, sozinho com a garota... E a mãe dela deixa. O que essa tal de Camélia está querendo, hein? Estou certo ou não estou?

– ...

– A gente tem um estabelecimento. Um negócio. A padaria. Não é como esse bando de gente que não sabe como vai ficar no dia de amanhã.

– ...

– O Daniel tem futuro. Todo mundo diz. A gente deu pra ele boa educação. Deu tudo pro garoto. Ele que não vá se estragar, ainda tão novo.

– ...

– Aqui em casa, essa doutora fajuta não entra pra tratar de ninguém. Se eu passar mal e você chamar ela...!

“Dorme, Donato. Pelo amor de Deus!”, disse dona Carmem consigo mesma.

E de repente um verso a mais lhe veio à cabeça para seu poema incompleto. Mas logo percebeu que não era somente um verso a mais.

Havia concluído o poema:

Mulher da vida,
vida de mulher.
Está viva a mulher?

Sem o marido sequer se dar conta, pressionou o botão do controle remoto e mudou de canal, procurando algo que enfim a interessasse assistir.

• 8 •

Um sorriso no deserto da existência

Quando José Henrique chegou em casa, depois da sua última aula, na turma para jovens e adultos, já eram mais de onze da noite.

A essa altura, Lúcia e Daniel já haviam se despedido, e o garoto voltara para casa, surpreendendo-se de ver o pai cochilando sozinho na sala. Geralmente a mãe o acordava para ir se deitar, mas Carmem, naquela noite, desistira da tevê e fora para o quarto. Aliás, estava abençoando aquele momento em que, a portas fechadas, revia algumas folhas dos últimos anos de seu caderno secreto. Daniel ficou sem saber o que fazer. Acabou deixando o pai como estava e foi se deitar. Pelo menos assim evitava o risco de ele acordar zangado, reclamando por Daniel ter estado com "aquela garota assanhada", que era como seu Donato se referia à Lúcia diante do filho.

No hospital, no centro, Camélia sentia a ansiedade crescer e chegar quase ao pânico, dentro de si. Concentrava-se em cada paciente que era chamada a atender, em cada tarefa que tinha de realizar, e evitava assim intervalos em que os pensamentos retornassem.

A imagem de Dalva não saía de sua cabeça, e Camélia, amargurada, percebeu que, se é que algum dia chegara a odiar alguém, era o que estava acontecendo agora. Um ódio profundo. Uma necessidade de proteger Lúcia contra aquela mulher: "Mato ela, se chegar perto da minha filha!", pensou Camélia, numa dessas brechas de tempo em que os pensamentos se infiltravam. Na casa de Camélia, Lúcia já estava dormindo. A noite não se encerrara sem mais uma briga com Daniel. Dessa vez por causa de... "Por que foi mesmo? Do livro? Do pai dele?..." E aos poucos foi mergulhando no sono, sem conseguir se decidir o que causara a discussão. Mas fora curta, terminara com um beijo... Restou uma ponta de qualquer coisa, que Lúcia quis afastar: "Não ficou tudo bem, então? Deixa pra lá... Deixa!".

E José Henrique, ao chegar em casa, encontrou seu jantar num prato, em cima de uma panela com água sobre o fogão. "É só acender e esquentar", dizia o bilhete da mulher. "Se for dar um beijo na Cacá, cuidado para não acordá-la. Te amo, mas estou morrendo de sono. Se der, cuidado para não me acordar também. Beijo. Nice."

Cacá estava com quatro anos. Nos finais de semana, José Henrique a pegava olhando para ele, às vezes por longos minutos, com uma sombra nos olhos, e tinha a sensação de que a menina levava algum tempo até reconhecê-lo. Seria sua culpa, por vê-la tão pouco?

O professor soltou um suspiro e tirou o prato de cima da panela de água, destampou-o, levou-o à mesa, onde já o esperava, tudo arrumado, a toalhinha onde deveria colocá-lo, a faca e o garfo nas laterais, o guardanapo dobrado na parte de cima da toalha. José Henrique acariciou com a ponta dos dedos aqueles objetos, aquelas carinhosas pistas dos cuidados de sua mulher que também trabalhava fora, era bancária. O professor estava faminto e, como costumava fazer com frequência, comeu seu jantar frio.

Enquanto comia, até para afastar preocupações, entre as quais as contas a pagar nunca estavam de todo ausentes, começou rever o planejamento da sessão seguinte do Clube de Leitura. Começava sempre com uma recapitulação do trecho que haviam marcado para ler, e geralmente quem fazia isso, em voz alta, era um dos participantes, ou mesmo José Henrique.

"Bem, o que é importante dizer é que, depois daquela cena em que Lúcia se despe na festa da chácara do Sá, e sai da sala, Paulo vai atrás dela, os dois reatam, passam a noite juntos... e então no dia seguinte Paulo encontra Sá na cidade."

O professor abriu o livro, então, consultando o trecho que vinha a seguir, onde Sá indagava ao amigo:

> *– Que fim levaste anteontem, que ninguém te viu mais?*
>
> *– Voltei para casa.*
>
> *– Com Lúcia, já se sabe! (...) Somos ambos moços, Paulo; porém sou mais velho três anos de idade, e oito anos de Rio de Janeiro. A corte é um país onde se envelhece depressa; por isso não te admires se falo como um homem de cinquenta anos. Queres te divertir: é justo, é mesmo necessário; porém não tomes Lúcia ao sério.*
>
> *– Não te entendo!*

José Henrique se lembrava bem do texto a seguir. A imagem, a sugestão que Sá passava de Lúcia era medonha. "Realmente, Lucíola: Lúcifer!", pensou o professor, arregalando os olhos, ao ler a fala de Sá...

> *– Sabes que terrível coisa é uma cortesã, quando lhe vem o capricho de apaixonar-se por um homem! Agarra-se a ele como os vermes, que roem o corpo dos pássaros, e não os deixam nem mesmo depois de mortos. (...) O seu*

ciúme é fome apenas; se o amante tem alguma afeição honesta, ela torna-se confidente de seus amores, encoraja-o, serve-o mesmo, para ter o gosto de mais tarde disputar a presa. Então não há excesso que não cometa. Se for necessário aviltar o homem, ela o fará, à semelhança desses torpes glutões que cospem no prato para que os outros não se animem a tocá-lo.

– Mas a que vem este sermão, Sá? As minhas relações com Lúcia não têm nada que se pareça com o teu romance; tu me conheces bem para saber que não há mulher no mundo capaz de me atar à cauda de seu vestido, ainda quando fosse para elevar-me, quanto mais para arrastar-me na lama. (...)

– Bem: cumpri o meu dever de amigo; cumpre o teu de homem sensato. Adeus.

"Com uma dessas", refletiu José Henrique, "Sá não deixou Paulo com uma pulga atrás da orelha... mas com um monstro, mais de um, aliás, um em cada orelha e outro fincado no peito!".

Depois, ficou pensando... vinte anos antes, ele chegara do interior e se viu meio perdido, sozinho. Antes de conhecer Nice, teve lá umas paixões. "Paixões não totalmente convencionais, e lambi um bocado de sarjeta por conta delas. Será que se hoje um irmão mais novo meu viesse para cá e eu o visse... correndo riscos que corri... eu não faria a mesma coisa que o Sá está fazendo?... Por outro lado, não morri, não foi? E não gostaria de ter deixado de viver nada, por medo... Gostaria? Eu ia dizer para um irmão mais novo: 'Olha, não vale a pena correr o risco – cuidado...'. Será que era isso que eu ia dizer?"

Por um instante, o professor avaliou sua consciência, suas lembranças, depois retornou ao romance: "Uma prostituta apaixonada por um rapaz recém-chegado à corte... Pode mesmo ser demais para ele, não é? E não está sendo? Tanto que ele já está sentindo a pressão".

> *As nossas relações duravam havia um mês; apenas algumas ligeiras nuvens, das que achamalotam o azul da atmosfera nas tardes calmosas, toldaram por vezes o nosso céu risonho. Mas, como brisa suave, o hálito de Lúcia as delgaçava logo, e elas se desvaneciam com um sorriso doce e carinhoso. Era eu que desastradamente acumulava sobre o nosso horizonte esses vapores do meu mau humor; e era ela que os expelia, não perdoando, mas pedindo perdão da ofensa que recebera.*
>
> *A questão econômica, questão delicada em que se chocavam o seu nobre desinteresse e a minha dignidade, havia sido felizmente resolvida.*
>
> *Tinha visto Lúcia esconder num vaso do toucador a chave da gaveta onde guardava o seu dinheiro. Cometi a indiscrição de abrir uma vez por semana essa gaveta, e deitar a soma que comportava com a minha fortuna e com o luxo em que ela vivia.*
>
> *(...) desde então quando eu ia à gaveta do toucador, por mais que o disfarçasse, ela adivinhava imediatamente, não sei por que secreta revelação; e mal eu me sentava ao seu lado dizia-me com uma mansuetude e uma gratidão sublime, apertando a minha mão ao seio:*
>
> *– Obrigada!*

José Henrique se perguntou se não seria o caso de propor como uma das discussões em classe que os alunos pensassem um pouco naquela mansidão humilhada da personagem, que tentassem senti-la, como a de alguém que, naquele momento, se submetia ao papel que dela esperavam... que o *homem* por quem Lúcia era apaixonada esperava... "E ele precisava dessa submissão para o seu amor-próprio, Lúcia pressentiu isso"... José Henrique folheou o livro, avançando algumas páginas, enquanto relembrava os episódios que iam se sucedendo no enredo... "E já aqui, Paulo e Lúcia estão juntos há um mês, quando ele encontra Sá novamente, e aí, haja veneno!"

> *(...) vi Sá que me acenava de uma janela da sala de jogo, onde se abrigara para fumar. Logo ao entrar tinha-lhe falado; mas evitara a sua conversa, com receio de que me fizesse perguntas sobre Lúcia; sentia remorder-me a consciência; e pouco disposto a aceitar os seus conselhos, previa que eles me haviam de irritar tanto mais, quanto seriam prudentes e razoáveis.*
>
> *– Desculpa-me: vou dançar. (...)*
>
> *– Queres escapar-te, sim. (...) fiz o que me cumpria: o resto te pertence. (...)*
>
> *– E para que me chamaste então? (...)*
>
> *– Bem. Ouve então o que dizem de ti.*
>
> *– Para quê? Não dou peso à maledicência, Sá.*
>
> *– Pode ser que tenhas razão; mas ouve primeiro; depois riremos (...) o mundo não vê justamente o que a tua modéstia esconde por detrás das paredes, isto é, o lado nobre e honroso da tua vida. O resto está patente.*
>
> *– Mas ainda uma vez, Sá, o que pretendes com isso? Que me importa o que pensam a meu respeito? Não tenho reputação a perder.*
>
> *– Mas tens reputação a ganhar. És amante de Lúcia, há um mês; e eu te conheço, sei que estás te sacrificando. Entretanto, como Lúcia não aparece mais no teatro, não roda no carro mais rico, e já não esmaga as outras com o seu luxo; como a Rua do Ouvidor não lhe envia diaria-*

mente o vestido de melhor gosto, a joia mais custosa, e as últimas novidades da moda; sabes o que se pensa e o que se diz? Que estás sacrificando Lúcia... que estás vivendo à sua custa! (...)

– Dize-me o nome de um só dos infames que se ocupam com a minha vida. O teu dever, já que assim o chamaste, o exige, e eu te peço!

– O nome?... É o mundo, a gente, a sociedade! Vai tomar-lhe satisfações.

"Infelizmente, ele tem razão" – pensou José Henrique. "Essas coisas simplesmente... se espalham. Sempre que leio esse trecho fico na dúvida se o Sá está fazendo fofoca ou se está mesmo tentando ajudar um amigo..."

(...) a minha cólera precisava desabafar-se contra alguém, e na impossibilidade de dar um corpo àquela injúria atroz, levei a ingratidão até encarná-la em Lúcia, causa inocente do que sucedia. (...)

Saí bem decidido a pôr um termo à situação vergonhosa e humilhante em que me achava colocado. As palavras de Sá me queimavam os ouvidos. Eu vivendo à custa de Lúcia, eu que esbanjava a minha pequena fortuna por ela! Mas as calúnias tinham razão em um ponto; não exibia a minha amante como um traste de luxo, ou um manequim da moda; roubava o bem que lhes pertencia, visto que não era milionário para ter o direito de possuí-lo exclusivamente.

Não me dei ao trabalho de procurar o meu tílburi e parti a pé; precisava agitar-me.

Um vulto de mulher passou rapidamente. Ao voltar a esquina, encontrei-o parado. Chegou-se a mim e ergueu o véu. Reconheci Lúcia. (...)

– Vi-o dançar, passear na sala com as moças; acompanhei-o de longe toda a noite. Estava defronte, escondida por detrás das cortinas. (...)

– Não gosto nada destas extravagâncias, que dão em resultado comprometer-me.

– Ninguém me conhece ali; e não podem adivinhar o que me trouxe. Agora mesmo, se a rua não estivesse deserta, me animaria a falar-lhe? Fique certo de uma coisa: não há nada neste mundo que eu deseje tanto como vê-lo; e me privaria desse prazer se ele pudesse trazer-lhe um dissabor.

– Com que fim vieste a essa casa? Não posso sair uma noite sem que me veja espiado! Hás de confessar que não é muito agradável; se pensas que é este o meio de me prender, estás completamente enganada. Aprecio muito a minha liberdade; deves te lembrar que entre nós não existem compromissos.

– Nem um decerto!

– Portanto não temos que espiar-nos um ao outro.

– Perdoe-me: fiz mal, não o farei nunca mais.

Calei-me. (...) Continuei o meu caminho.

Era a primeira noite, depois de um mês, que passava no hotel, e longe de Lúcia; como me achei só no deserto da nova existência que ia começar!

José Henrique soltou um suspiro, massageou o cenho, estava exausto. Tanto que mal comera o jantar. Olhou no relógio, já passava um pouco da meia-noite. A seguir, fechou o livro, guardou-o na pasta, lavou a louça que usara e, pé ante pé, foi para o interior do apartamento. Era um imóvel pequeno, dois quartos, um corredor estreito que ligava as peças, com prateleiras de livros a toda a volta do teto que ligava as peças. O professor parou um instante na porta de Cacá e abriu. Entrou, e por dois minutos ficou observando o rosto da menina, que parecia sorrir, dormindo. Uma felicidade intensa, e ao mesmo tempo serena, afugentou sua fadiga. Ele deu um beijo no rosto da filha e deixou o quarto.

Nice acordou logo que ele entrou. José Henrique já havia tomado banho, estava com um calção largo, uma camiseta, seus trajes de dormir. A mulher estendeu os braços para ele, olhos semicerrados, zonza de sono, e os dois trocaram um beijo rápido. Então, ela já estava outra vez adormecida antes de sua cabeça tocar o travesseiro.

José Henrique se deitou ao lado dela. Ainda se lembrou de apertar o botão para ligar o despertador, e mais, que o troço infernal ia tocar às cinco e meia para ele poder chegar à aula das sete. Fez uma careta. Mas foi com o rosto aberto num sorriso que logo começou a dormir.

• 9 •

"Os outros não deixam..."

"A gente nunca deixa de ser. Os outros não deixam..."

Foi o que lhe dissera Dalva.

E entre tantos comentários, frases, expressões medidas e calculadas, tudo feito para feri-la, como se estivesse com raiva de Camélia... "Por quê, meu Deus? Raiva por quê?"

No momento em que Dalva lhe dissera aquilo, sentiu na mulher uma dor genuína. Algo como uma cicatriz recebida na vida que ela ali, tristemente, apenas conformava-se em exibir.

E, no entanto, Camélia reconhecia algo na expressão de rosto de Dalva. Algo que vivera também. "Os outros não deixam"; e quantas vezes Dalva poderia ter tentado, quantas vezes esbarrara naquela constatação, "os outros não deixam", até começar a acreditar que não poderia vencê-la.

"Julgar é tão fácil" – pensou Camélia, no metrô, a caminho de casa, enquanto as ruas começavam a despertar. "Condenar, punir. Muito fácil. É uma maneira de quem faz isso se manter em segurança, distante. E quem se aproxima para escutar nossa história? Como... tudo... aconteceu? Alguém quer saber? É arriscado, pode tocar a pessoa que escuta, perturbar... Mais fácil é afastar. 'Não, comigo, nunca, nunca... eu nunca seria... nunca faria'... Será que existe isso?... Quem nasça para ser...Vagabunda?"

Camélia chegou do plantão, foi fazer seu café forte, e quando a filha entrou na cozinha e começaram a conversar, o que Dalva dissera ficou passeando na mente da enfermeira, depois de um certo momento; na verdade, depois que Lúcia lhe contou resumidamente a briga com Daniel. A enfermeira não conseguiu prestar atenção em mais nada. "Os outros nunca deixam." "Nunca... deixam..."

– Você acha que eu exagerei com ele, mãe? Mãe? Está me escutando?

A rigor, não estava. E precisou ficar calada um instante, fitando a filha, expressão em branco, até recuperar o assunto no fundo de sua mente que ficara, embora vagamente, ouvindo.

– O Daniel – disse Camélia – estava apenas repetindo o que escutou a vida inteira, meu amor.

– Coisa de idiota, ficar repetindo sem pensar! – replicou Lúcia, irritada e gesticulando efusivamente, fazendo caras teatrais, bem como de hábito. – Quem manda?

Camélia riu:

– Mesmo assim... O que eu quero dizer... É que todo mundo pensa desse jeito, não é?

– E o que você pensa, mãe?

– Eu? – sobressaltou-se Camélia. – Por que eu ia pensar qualquer coisa sobre um assunto desses?

– Porque eu estou pedindo para você pensar. Você também acha que prostituta não presta? Simplesmente não presta e pronto, não tem jeito?

– Deve ter... um pouco de tudo entre elas... E no íntimo de cada uma delas.

– Isso não é resposta.

– O que eu quero mesmo dizer é que não vale a pena você brigar com o Daniel por uma ideia que não foi ele quem inventou. Uma ideia que não depende dele para continuar existindo, por aí, na cabeça das pessoas. Que para ele pode ser muito difícil pensar diferente... enfrentar... os outros... Os outros não deixam.

– Como assim?

– Você não está atrasada? – interrompeu Camélia. E sabia que a filha tinha tempo de sobra para chegar pontualmente ao colégio.

Lúcia deu de ombros, terminou com toda calma seu desjejum, falando de outras coisas, e saiu.

Camélia esperou alguns minutos, o bastante para não se arriscar a cruzar com a filha no ponto de ônibus de integração com o metrô, pegou sua bolsa e saiu também.

Ia ao banco.

Acabava de decidir pagar o preço que Dalva exigira para deixar que ela e Lúcia vivessem em paz.

• 10 •

Românticas

Quando piso em folhas secas
Caídas de uma mangueira
Penso na minha escola
E nos poetas da minha estação primeira

Não sei quantas vezes
Subi o morro cantando
Sempre o Sol me queimando
E assim vou me acabando

Alexa era o cavaquinho do grupo de roda de samba "Tô indo nessa". Faziam apresentações nos colégios, já que ainda não podiam tocar em bares à noite porque eram todos menores de idade. Ela tinha uma voz linda, Lúcia morria de inveja. E um ritmo que não deixava ninguém parado na cadeira. As duas riam muito juntas, principalmente quando uma repetia para a outra, mil vezes por ano, que não podiam existir amigas mais diferentes no mundo inteiro.

– É até esquisito! – dizia uma.

– Bota esquisito nisso! – reforçava a outra.

No entanto, e isso as duas sentiam sem dizer, também não poderia haver amigas mais amigas no mundo inteiro, nem no mundo e ½, nem no mundo x 2, nem no mundo^2.

E acreditar, eu não
Recomeçar, jamais
E a vida foi em frente
Você simplesmente não viu
O que ficou pra trás
Acreditar...

Até em música as duas tinham gostos diferentes. Alexa no seu samba de raiz, que ela agora dizia ser a melhor trilha musical para histórias românticas como *Lucíola*; e Lúcia, com sua "tara secreta"... algo que só conseguiu contar pra Alexa mais de um ano depois de as duas já serem amigas.

– Baladas? – repetiu, ainda incrédula, Alexa, naquela tarde depois do colégio, quando as duas estavam lendo o *Lucíola* juntas. – Baladas mesmo, jura? Daquelas...?

– Daquelas – garantiu Lúcia, faces coradas. Meio de vergonha, meio emocionada só de lembrar alguma canção. – Me acabo. Me derreto. Desabo no chão e choro!

– Mais ou menos... como essa...? – arriscou Alexa empunhando o cavaquinho:

Românticos são poucos
Românticos são loucos desvairados
Que querem ser o outro
Que pensam que o outro é o paraíso.
Românticos são lindos,
Românticos são limpos e pirados

Que choram com baladas
Que amam sem vergonha e sem juízo

– Huuum! – gemeu Lúcia, mordendo o indicador, revirando os olhos e rolando no chão. Estavam no quarto de Alexa, que soltou uma risada.

– Se segura, menina! – disse a garota, baixando o cavaquinho no colo.

As duas tiveram um acesso de riso que não parava mais. Riram até se engasgar. Lúcia, finalmente, recolhendo seu *Lucíola* que tinha escapado para o chão, abriu-o e disse:

– Bom, então o besta do Paulo, que não sacou nada da Lúcia até agora, vai brigar com ela. E praticamente empurra ela para outros sujeitos. Daí, a Lúcia topa, desfila na frente dele cercada de caras a fim dela...

– Mais ou menos assim, ô baladeira... – emendou Alexa:

Dei pra maldizer o nosso lar
Pra sujar teu nome, te humilhar
E me entregar a qualquer preço
Te adorando pelo avesso
Pra mostrar que ainda sou tua
Só pra provar que ainda sou tua

– É isso! – Lúcia bateu palmas, e retomou a leitura:

Havia mais de quinze dias que já não ia a casa de Lúcia; tinha-a encontrado três ou quatro vezes na rua, e não lhe falara: fingia não vê-la.

A princípio custou-me não ceder àquele doce hábito; mas convencido como estava de que essa mulher zombava de mim, e queria ver-me representar o ridículo papel de amante titular, ou honorário, satélite de um astro que brilha para outros, paciente caudatário que as cortesãs gostam de trazer por orgulho e vaidade, revesti-me de coragem, e quebrei de uma vez com essas relações.

– O cara é mesmo um bobalhão – grunhiu irritada Lúcia.

– Sei, não, menina. O que você tá querendo? Que ele comece a namorar a Lúcia como se fosse uma menina de família? Isso, nem hoje em dia. Imagine!

Lúcia torceu a cara, pôs a língua pra fora, para o teto, desafiando alguém que só ela via, e prosseguiu:

Tinha aproveitado a minha liberdade para me preparar à vida séria. Mudara-me do hotel, e tomara um primeiro andar na Rua da Assembleia. (...)

Contudo a lembrança de Lúcia não se apagava: eu vivia ainda das recordações da felicidade que ela me dera; e quando saía afagava sempre a esperança de encontrá-la. Se isto sucedia, apesar de minha aparente indiferença, sentia uma emoção que achava ridícula e não podia dominar. (...)

Uma manhã lia os jornais sobre a mesa do almoço, esperando que me servissem, quando o moleque prorrompeu na sala com o ar espantado, com que correria a anunciar-me que tínhamos fogo em casa.

– Está aí uma moça!

– Uma moça! repeti com um batimento de coração. (...) Quem podia ser senão Lúcia ? Não me enganei. Avistando-me (...) disse com um triste sorriso:

– Resisti enquanto pude: não tenho mais forças. Estou pronta para tudo.

– Para tudo? perguntei sorrindo.

– Já que é preciso para vê-lo!

– Com que ar dizes isto! Se é um sacrifício, renuncio.

– E continuará a fugir-me? Passará por mim sem olhar-me. Não; não é um sacrifício. Preferia que nos víssemos de outra maneira; mas não é possível! O senhor quer; e o meu maior prazer não é fazer-lhe todas as vontades?

– Vamos almoçar; passarás hoje o dia comigo.

– Tá vendo? – comemorou Lúcia. – Minha xará tem coragem. Até para arriscar a se machucar feio...

– Que é o que eu acho que vai acontecer. Se fosse comigo, ia devagar.

– Se for só por você, o Gebê nunca vai conseguir chegar nem perto.

– Não implica...

Gebê era apaixonado pela Alexa. Todo mundo sabia disso. Só que ele era tímido, e a garota fazia o gênero "sai fora!", difícil. Mas ficava toda prosa quando falavam, por exemplo, que o garoto não tirava o olho dela, que sempre arranjava um jeito de estar onde ela estava etc. etc.

– E você e aquele outro Paulo? – contra-atacou Alexa.

Paulo era um garoto novo no Clube de Leitura. Estudava no turno da noite, era um pouco mais velho do que o restante do pessoal. Trabalhava, em meio expediente, como vendedor numa loja de roupas e era bolsista no Dom Quixote. Pelo menos isso era tudo o que as garotas sabiam.

E horas antes, ainda final de tarde, no que Lúcia ia saindo da biblioteca, Paulo ia entrando, os dois trombaram de frente. Tudo que ele e ela estavam carregando foi para o chão. Aí ficaram olhando um para o outro, com cara de bobo. E nada de nenhum dos dois se abaixar para catar suas coisas.

– Ah, não enche. Se um cara atropela você de repente, também não ia ficar com cara de meio-dia e cinco?

Alexa adivinhou que a expressão era tática de Lúcia para desviar a conversa. Ela queria que a amiga perguntasse que cara seria essa. Alexa não mordeu a isca, para frustração da amiga.

– Tá. Você achou o cara gostosinho, que eu sei. E ele... Nossa! Quase que os olhos saltaram da cara! Só faltou sair fumacinha da cabeça que nem no desenho animado.

– Ô, menina! Me respeita! – ralhou Lúcia. – Eu já tenho namorado!

– Ah, é... o Daniel! – replicou Alexa.

– Não gostei do jeito desse "ah, é"!

– Continua a leitura, ou eu pego de volta o cavaquinho e faço você rolar no chão de novo.

– Hum!

Realmente Lúcia estava mudada: tinha perdido o esmalte fresco e suave da tez; parecia mesmo desfeita e abatida; porém isso, longe de desmerecer a sua beleza, dava-lhe certa morbidez lânguida que a tornava ainda mais sedutora.

– "Morbidez lânguida"! Cruzes! – reclamou Alexa.

– Não lembra? Era moda no romantismo. Bem pálida... Umas olheiras de doença, tipo pé na cova... uma voz meio que desmanchada... uma tossezinha de tuberculosa. Se da tosse saísse um sanguezinho no lenço, o cara...

– ... Cantava até balada! – completou Alexa.

"No romantismo, amor e dor, vida e morte, andavam juntos", tinha dito José Henrique. "Era necessário que a vida fosse de um extremo a outro, e só os extremos valiam a pena. A felicidade ao final era rara porque, na felicidade, tudo prossegue seu caminho, sem sobressaltos nem interrupções. E a história não ganha nenhum final grandioso. Já a tragédia era o desfecho ideal de qualquer romance! O grande final!"

– Tô fora! – protestou Alexa.

– Mas não é bonito? – disse Lúcia, fazendo sua versão de voz lânguida. – E as alminhas dos dois amantes se reencontrando no cemitério para viver seu amor, agora, para sempre. Tinha poema na época que era assim...

– Hoje é filme de terror!

– Mas, você e o Gebê...!

– E o Paulo...?

Uma fez careta de desafio para a outra e dessa vez foi Alexa quem pegou na leitura:

– O Gebê tinha falado no Clube sobre essa cena que vem agora. O Paulo vai chegar em casa e encontrar tudo arrumado. Leva o maior susto!

Saí um instante depois do almoço (...)

Quando voltei, a minha casa de homem solteiro tinha sofrido uma alteração completa. (...)

Mas eu tinha corrido toda a casa, notando essa transformação repentina, sem descobrir a autora; já estava inquieto quando pela janela da sala de jantar, a vi na cozinha, e num estado que só tanta beleza e graça podia salvar do ridículo. Figure uma moça vestida de ricas sedas, com as mangas enroladas e a saia arregaçada e atada em nó sobre o meio da creolina; com uma toalha passada pelo pescoço à guisa de avental; vermelha pelo calor e reflexo do fogo, batendo gemas de ovos para fazer não sei que doce. Repito: era preciso ter a faceirice e gentileza daquela mulher, para nessa posição e no meio da moldura de paredes enfumaçadas, obrigar que a admirassem ainda.

– Será que agora ele entendeu o que ela quer ser dele? – resmungou Alexa.

– Entendeu faz tempo. Mas não encara! – sentenciou Lúcia.

– Quando pedi à senhora que passasse o dia comigo, não foi para me servir nem de cozinheira, nem de costureira, nem de criada.

– E de esposa dele, pode ser? – debochou Alexa.

Lúcia deu um passo para mim. Era realmente um corpo morto e uma feição estúpida que ela me oferecia. Repeli com vago terror. Então, serenou, e conseguiu sorrir:

– Amanhã!

– Deixa ver se entendi – brecou Alexa. – Ela não quer saber dele... quer dizer...

– De ir para a cama com ele, não.

– Mas por quê?

– Ela ainda não disse.

– Será que ela está doente? Sabe como é... amar no Romantismo sempre acaba em sepultura!

– Shhh! Nem fala nisso! – pediu Lúcia, aflita. E, depois de dois segundos, como se o coração tivesse voltado a bater sem sobressalto, disse: – A garota não tem nem vinte anos...

– Pois é, tem horas que eu esqueço.

– É um bocado bandeiroso você esquecer...! Quer dizer, a história não deixa. Ela é tão heroína, tão...

– ... Romântica!

– Tá, sem briga. Continua! – pediu Alexa.

Chegou o moleque que tinha ido à sua casa buscar um vestido; poucos instantes depois ela apareceu com um traje fresco e risonho de que tinha, mais que nenhuma mulher, o encantador segredo. Eu embalava-me na rede. Lúcia, depois que cansou de traquinar, fazendo-me cócegas, cobrindo-me o rosto com as franjas e oferecendo-me entre as malhas um beijo que eu não podia colher e se evaporava no ar, foi à estante escolher um livro, e sentou-se na esteira para ouvir-me ler. (...)

De repente a voz desatou num suspiro:

– Ah! meu tempo de menina!

Voltei-me para ela; as lágrimas caíam-lhe em bagas; quis atraí-la, fugiu, arrebatando-me o livro das mãos. (...)

Às oito horas da noite acompanhei Lúcia a casa.

Poucos momentos depois de entrar ela foi ao toucador e voltou em traje de dormir; os cabelos soltos e uma longa camisola de linho, sem uma renda, nem um bordado.

– Já vais dormir?

– Vou deitar-me; estou fatigada; trabalhei hoje muito! – respondeu sorrindo e tomando-me pela mão. Mas podemos conversar até dez horas. Durmo cedo agora.

O seu quarto de dormir já não era o mesmo; notei logo a mudança completa dos móveis. Uma saleta cor-de-rosa esteirada, uma cama de ferro, uma banquinha de cabeceira, algumas cadeiras e um crucifixo de marfim, compunham esse aposento de extrema simplicidade e nudez.

A ideia que primeiro me ocorreu foi que Lúcia tivera necessidade de dinheiro, e vendera os seus ricos trastes; isso me causou um aperto de coração.

– Por que esta mudança?

– Ele não está entendendo mesmo – murmurou Lúcia.

– E por que ela não diz logo? – irritou-se Alexa – "Alô, otário. Mudei. E quero mudar mais. Inclusive de vida."

– Ela quer que ele perceba. E entenda.

– Vai morrer querendo – mas Alexa engoliu suas palavras, quando percebeu o que havia dito. Sentiu como se tivesse jogado uma praga em Lúcia...

– Durmo aqui melhor. O outro quarto lá está como o senhor deixou.

– E ela ainda tem de chamar ele de "senhor"? – reclamou Lúcia. Alexa deu de ombros e continuou...

– (...) Admira-se de que me prive da minha rica mobília, para usar de outra mais simples? (...)

– A minha questão é da preferência que dás a esses trastes ordinários sobre os teus lindos móveis de pau-cetim.

– Grande questão... Questão de mulher no fim de contas: capricho. Nesta cama que o senhor acha tão feia, e neste quarto que lhe parece tão triste, o sono é doce para mim e os sonhos alegres. Quando entro aqui, sacudo no limiar da porta, como os viajantes, a poeira do caminho; e Deus me recebe.

Dizendo estas palavras, Lúcia ajoelhou em face do crucifixo e recolheu-se numa breve oração mental; depois regaçou a roupa da cama e espreguiçou-se entre as alvas lençarias, com o voluptuoso bem-estar que sente o corpo repousando depois da fadiga.

– Como é bom adormecer assim! disse-me ela pousando a cabeça no travesseiro e fechando-me as mãos entre as suas. Fale; conte alguma história! Sou uma criança! É verdade! Preciso que me acalentem. (...)

Foi o dia mais feliz da minha vida! murmurou ela com a voz quase imperceptível.

Ainda hoje não posso compreender que força misteriosa me obrigou a respeitar um dia inteiro essa mulher, que eu possuíra, e ainda apertava nos meus braços, recebendo a carícia de seu lábio amante. (...)

Vi no dia seguinte correr de novo aquela mesma cortina de seda azul que abrira para mim, como nuvem serena, um céu de delícias. Penetrei o templo do prazer, que eu entrara pela primeira vez esmagado por um olhar de tão soberano desprezo.

– Quer dizer que agora eles vão... – arriscou Alexa.

– Shhh! – impôs a amiga.

(...) Mas não encontrei nem a antiga fragrância, nem a atmosfera tépida e embalsamada que outrora o enchia. Estava frio e triste, como um aposento por muito tempo privado de ar e luz.

Lúcia não proferira uma palavra (...) Muda e submissa obedecera ao meu olhar; quando a toquei, teve uma comoção violenta, verdadeiro choque elétrico. Fugiu espavorida; mas voltou logo; e caminhando para mim, entregou-se com um cínico desgarro.

Há de ter ouvido falar na sensualidade nefanda dos coveiros de cemitério, que saciavam no cadáver das belas mulheres um desejo brutal. Não creio que esses abutres da lascívia apertassem corpo mais gelado e insensível do que a múmia que se inteiriçava nos meus braços. Senti o frio horror (...) correr-me pela medula dos ossos.

– Tá vendo? Acabou mesmo no cemitério – riu Lúcia.

– Cara, essa cena devia ser proibida de ser assistida por... quem tá vivo!

Lúcia atravessou o aposento com o passo hirto, e saiu. Entrou alguns minutos depois. O calor voltara à epider-

me, que abrasava agora; o corpo tinha, não a doce flexibilidade que lhe era natural, porém uma elasticidade nervosa e convulsa, que o enrolava como a cauda de uma serpente na agonia. Em vez do seu hálito sempre perfumado, a boca exalava o bafo ardente de uma chama interior e o fumo alcoólico de espírito fortíssimo.

– O que bebeste tu, Lúcia? – perguntei-lhe inquieto.

– Sofro do estômago, bebi um gole de Kirsch, *respondeu com a voz trôpega.*

– Que extravagância!

Ela cortou-me a palavra com um beijo de fogo; escaldou-me da lava que corria-lhe do corpo; mas de repente repeliu-me bruscamente escondendo o rosto nas mãos:

– Não posso! É mais forte do que eu!

Soluçava como uma criança; riu depois como uma louca.

Conheci então a verdade; Lúcia estava embriagada.

A sua saída repentina fora um ato de desespero para vencer o gélido espasmo que a marmorizava. Tinha quase esvaziado uma garrafa de Kirsch. *Acreditei enfim na sinceridade da repugnância de Lúcia; renunciei de uma vez ao meu desejo. Sentia profunda compaixão por essa mulher. O seu pranto me enterneceu; chorei com ela. (...)*

– Não, Lúcia; nunca mais!

(...) És sagrada para mim; sagrada pelo martírio que te causei; sagrada pelas lágrimas que derramamos juntos. A tua beleza já não tem influência sobre os meus sentidos. Posso te ver agora impunemente. (...)

– Deus me abençoou! (...)

Entramos então em uma nova fase de nossa mútua existência, fase original e curiosa que me faria rir quinze dias antes. Com efeito, quem poderia julgar possível uma amizade fraternal e pura entre duas criaturas que meses antes trocavam as mais ardentes expansões da sensuali-

dade? Quem poderia conceber uma abstinência absoluta num caráter ardente, provocado todos os dias e a todas as horas pela beleza sempre radiante de uma mulher divina, que retraçava com um olhar e um sorriso os poemas da voluptuosidade fruída?

Nessa época se revelavam francamente em Lúcia as aspirações ingênuas para uma juventude perdida (...) Lúcia parecia-me agora uma menina de quinze anos, pura e cândida.

– Pronto! – provocou Alexa. – Até que o tal Paulo se tocou.

– É... – reconheceu Lúcia.

– E o outro Paulo não é de se jogar fora, né? Confessa!

– Como é que é? Que outro...?

– Fingida! Você examinou o material que eu vi.

– Olha que eu me zango. Eu já tenho...

– Ah, é... o Daniel.

– Hmm! Você não gosta mesmo dele, né?

– Fortezinho, certinho, bobinho. Acho que antes de você ele nem sabia o que era ter namorada.

– Alexa! O que é que você acha que eu ensinei a ele, hein, maldosa? – berrou Lúcia, soltando uma gargalhada em seguida.

Mas a amiga estava séria. E depois de uma pausa, disse:

– Eles vão sair num passeio... a Lúcia e o Paulo.

Partimos às 4 horas da madrugada numa falua, que atravessou rapidamente a baía e levou-nos à praia do Icaraí. Não sei se ainda aí perto existe um velho casebre, escondido no mato e habitado por uma velha e dois filhos, que nos hospedaram, ou por outra, nos deram sombra e água fresca. (...)

– Foi nesta casa que eu nasci, disse-me ela. Não era então velha como hoje está. Tudo muda; tudo passa!

Mostrou-me o lugar onde seu pai costumava trabalhar, onde sua mãe cosia; lembrava-se de todos os cantos, do lugar de cada móvel, da idade de cada fruteira, dos menores incidentes passados nesta área de terra.

– Faz sete anos que deixei este lugar; parece-me que foi ontem. Quando venho aqui alguma vez, acho ainda viva e fiel a minha infância tão feliz! (...)

Deixei cair algumas pedras no tanque. Não sei que impressão triste faz sobre o espírito a plácida imobilidade da onda, que desafia o homem a quebrar a quietude da natureza. Os olhos acompanham então com uma indefinível satisfação os círculos concêntricos que surgem à tona e vão-se dilatando até correr nas margens do lago.

Ia atirar uma nova pedra, quando Lúcia que eu supunha ocupada com o seu trabalho, reclinou-se para mim, de mãos juntas, e disse-me com uma voz angustiada:

– Não! Coitadinha! Tenha pena dela!

Encarei com Lúcia: seu rosto traía uma aflição profunda. De surpreso, deixei cair a pedra.

– Oh! Como deve sofrer! balbuciou ela mostrando-me com a mão trêmula a água que se toldava e enegrecia.

– Que é isto? Em que estás pensando, Lúcia? disse apertando-lhe as mãos com força.

Volveu para mim os olhos vagos; contemplou-me um instante e riu:

– Uma loucura!... Não sei como me veio semelhante ideia! Vendo esta água tão clara toldar-se de repente, pareceu-me que via minha alma; e acreditei que ela sofria, como eu quando os sentidos perturbam a doce serenidade de minha vida.

Depois de uma pausa continuou:

– Naquele dia... não soube explicar-lhe... É isto! Veja! A lama deste tanque é meu corpo: enquanto a deixam no fundo e em repouso, a água está pura e límpida!

Acredite ou não, Lúcia acabava de me revelar naquela imagem simples um fenômeno psicológico que eu nunca teria suspeitado.

– O que ela revelou é o que todo mundo quer que ela sinta de si mesma – irritou-se Lúcia. – Que ela se sinta *suja*!

Alexa ficou encarando a amiga um instante, depois disse, em voz baixa:

– E eu acho que tem mais uma coisa... Esse Paulo, agora, está pronto, né?

– Pra quê?

– Pra... conhecer de verdade a Lúcia. Pra perder o medo de sofrer!

Lúcia, admirada, arregalou os olhos para a amiga. Depois, baixou o olhar na página aberta, como se o livro fosse revelar alguma coisa que não estava escrita.

Então, pensou no Daniel.

De uma maneira como nunca pensara, com saudade dele. E não uma saudade de quem não vê o namorado desde a tarde. Mas como se ele estivesse indo embora... Foi assim que ela sentiu. E estranhou. E os olhos agora ficaram rasos d'água.

Ela não estava se entendendo.

E abraçou a amiga, que a abraçou também.

Daí, Alexa cantarolou baixinho:

Faça como o velho marinheiro
Que durante o nevoeiro
Toca o barco devagar...

Depois, emudeceu, e ficaram as duas assim, abraçadas, em silêncio, o *Lucíola* espremido entre elas, por um bocado de tempo.

• 11 •

Perdida

Era noite de folga de Camélia, caso contrário, ela não poderia ter passado o dia como passou. Chegou na porta do banco muito antes de o estabelecimento abrir. Ficou dando voltas no quarteirão, compulsivamente. Sentia-se ridícula, passando pela décima vez pela banca de jornais, pelos mesmos porteiros, pelos mesmos postes, como se até os postes fossem capazes de estranhá-la. E, no entanto, não conseguia parar de andar nem ir para outro lugar.

Sentia mais do que embaraço. Às vezes tinha ímpetos de se voltar e ver se estavam apontando para ela. Dalva dissera qualquer coisa sobre ser apontada na rua. E como se fosse algo que estivesse apenas cochilando em sua mente, lhe voltou aquela sensação de ser apontada; de que todos, mesmo quando não estava vestida a caráter, pudessem adivinhar quem ela era.

Ou *o que* era.

"Perdida. Mulher perdida."

Eram tantos os nomes pelos quais a chamavam no tempo em que perambulava pelas ruas, nos mesmos trajetos de todas as noites. E quando percorria as calçadas conhecidas, por vezes e vezes seguidas, quando parava no meio-fio nos pontos em que sempre parava, por vezes olhava em volta e tinha aquela angústia de não saber onde estava.

Perdida. Mulher perdida.

Como agora. Outra vez aquela angústia, que também estivera cochilando dentro dela.

Angústia de mulher perdida.

O banco finalmente abriu, ela entrou. Sentia-se como se fossem prendê-la assim que chegasse ao balcão, como se estivesse roubando aquele dinheiro. Seu próprio dinheiro. Como se não tivesse o direito de estar ali, junto daquelas pessoas que iam pagar contas, tratar da vida...

Ela reconheceu imediatamente todas as sensações. E todas de fato haviam retornado. Todas. Fazia tempo.

Sensações de mulher perdida.

Camélia respirou fundo. Fechou os olhos por um instante. Tomou fôlego novamente. Aquietou as vozes em sua cabeça, o aperto no peito, e se dirigiu ao caixa.

Quase não acreditou quando, com naturalidade, entregaram-lhe o dinheiro que requisitara.

Fez muitas coisas mais naquele dia, antes de voltar para casa. Ao mesmo tempo, não fez nada. Passeou por ruas sem ver vitrines, sem ver pessoas. Sentou em bancos de praças sem saber dizer depois quais praças tinham sido. Entrou em um cinema e saiu logo em seguida, sem ter conseguido prestar atenção no filme.

Uma mulher perdida.

Quando chegou em casa, já era noite.

Mas, no que abriu a porta de casa, não se sentiu mais perdida.

Sentou-se à mesa da cozinha; Lúcia ainda não havia chegado. Colocou a bolsa no colo e a abriu. O maço de cédulas de dinheiro estava num envelope pardo. Camélia o retirou da bolsa e, como se aquilo a enojasse, jogou-o no chão.

Ficou olhando para ele.

Então, recolheu-o.

Era dinheiro honesto, poupado mês a mês, tirado de seu salário, de muitas horas sem dormir, de momentos de tensão, de quando ela viu a vida de pessoas sob seus cuidados por um fio. E fora o seu próprio esforço que permitira que ela tivesse uma profissão, um trabalho; recordou os anos que passara em empregos mal pagos, estudando à noite, correndo para casa a todo intervalo para cuidar de Lúcia. Camélia respirou fundo.

E não se sentiu mais uma mulher perdida.

Tirou um pedaço de papel da bolsa, com o número do celular de Dalva. Foi até o telefone, digitou. Do outro lado da linha, a mulher atendeu tossindo.

– É Camélia... Sim, peguei. Está aqui comigo. Todo ele. Sim, em dinheiro. Na minha frente. Um monte de dinheiro, sabe? Não. Não! Estou ligando para dizer que não vou lhe dar nada. Nem um tostão. Você nunca ia desaparecer, ia voltar e pedir mais e mais, minha vida ia virar um inferno. Eu escapei do inferno. Você não vai me arrastar de volta. Eu não vou pagar para poder viver em paz. Conquistei esse direito. É isso... Não. Não. – E Camélia deu um sorriso, enquanto a mulher a ameaçava pelo telefone, berrando, furiosa. Não estava mais tensa, nem amedrontada. Havia pensado tanto, durante todo aquele dia. Havia revisto toda a sua vida... – Vá se danar!

Ela desligou, sentou-se na cadeira e esperou Lúcia chegar.

Quando escutou a porta da frente se abrir, chamou pela filha.

Lúcia veio para a cozinha, brecou na porta. Olhou a mãe, estranhando. Havia algo no rosto dela, que era como se Camélia estivesse febril. Não estava.

– O que aconteceu? – perguntou Lúcia, uma coisa começando a se expandir no seu estômago como miolo de pão molhado.

– Tenho uma coisa... Muita coisa... para contar para você.

Lúcia sentou-se na cadeira em frente da mãe. Quando Camélia começou a falar, a garota sentiu uma dormência, como se seus pés, contrariando seu impulso – que era de fugir dali –, estivessem pesando toneladas. Ao mesmo tempo, sabia que era algo que precisava escutar. Algo que ela pressentia existir. Por trás dos silêncios. Dos olhares vagando sem conseguir fitá-la ou, pelo contrário, dos olhares se fixando nela, como se a perguntar se ela já saberia de alguma coisa. E mais tantas histórias incompletas e perguntas das quais a mãe se desviava.

No fundo, Lúcia já sabia que havia alguma coisa.

Alguma coisa. Ela sabia.

Faltava apenas que a mãe lhe dissesse com todas as letras:

– Você está entendendo sim, Lúcia. Entendeu tudo, olha para mim, olha!... Eu repito, se você quiser. Eu fui uma prostituta. Não sei quem foi seu pai. Larguei dessa vida quando fiquei grávida de você. Mudei de cidade e comecei a ser quem eu sou hoje... Comecei a ser quem eu sou... E mais uma coisa. O principal. Tudo o que importa para mim: eu amo você. Mais do que tudo, mais do que achei que podia amar na vida. Eu amo você, Lúcia.

A garota conseguiu, enfim, se mover. Correu para o banheiro, bateu a porta, ofegante. Chorando, não. Trêmula. Toda gelada, os dentes batendo. Com um zumbido nos ouvidos. Estava zonza. Ela se dobrou ao meio, ajoelhou-se no chão de ladrilhos frios, enfiou a cabeça na privada e vomitou.

• 12 •

Lúcia, a falecida

O trecho que iam debater na sessão seguinte do Clube de Leitura era talvez o que mais emocionava José Henrique, em *Lucíola*...

"... Porque é um drama que acontece com tanta frequência e com tantas pessoas iguais à personagem de Lúcia. O que me choca é perceber que é uma história tão antiga. Que parece que acontecia, não apenas desde aquela época, mas desde sempre. E a passagem no livro começa num mal-entendido, sobre esse personagem meio asqueroso, que Paulo deu de encontrar vez por outra na casa da Lúcia. Como é mesmo o nome dele?", dizia para si mesmo José Henrique, abrindo o livro na página que havia marcado. "Ah, aqui... Jacinto."

> *Era um homem de 45 anos; feição comum e espírito medíocre. Encontrava-o agora todos os dias em casa de Lúcia; e desde a primeira vez antipatizara com a sua enjoativa figura.*
>
> *– Quem é este senhor? perguntei a Lúcia.*
>
> *Ela perturbou-se.*
>
> *– É um sujeito que costuma tratar dos meus negócios.*

– Que importantes negócios são os teus que eu não me possa incumbir deles?

– Compras... Não tenho outros. Para que incomodá-lo com isso?

– Também sou ciumento: não desejo que ocupes outra pessoa além de mim.

– Esse homem é quase um criado.

A palavra produziu o seu efeito; desde que o Jacinto desceu ao mister de homem assalariado, não fiz mais reparo na sua assiduidade. Quase sempre o encontrava na escada interior, descendo quando eu subia; dava-lhe tanta atenção como ao carroceiro que enchia as talhas d'água, ou ao cozinheiro que saía a compras.

"Gozado. Pode ser que Alencar tenha escrito essa cena assim, como está, tão agressiva, de propósito; pode ser que não. Se foi, mostra bem que nesse Paulo o preconceito é tão forte que *criado* para ele deixa até de ter sexo... Devia ser um retrato das pessoas *respeitáveis* da época. Feito ele mesmo, o Paulo, que pode até não ser rico, mas também pelo que vemos até agora não precisa trabalhar para viver. Bom", pensou José Henrique, voltando a se concentrar na leitura, "... continuando... daí um dia, o Paulo, passando pela casa da Lúcia...":

(...) Cheguei à sala de jantar sem encontrar viva alma; supondo achar Lúcia na sala, dirigi-me para ali, pelo corredor particular. Abafei os passos, para surpreendê-la.

O surpreendido fui eu, ouvindo vozes na alcova, onde tanto havia, já ninguém entrava. Enfiei o olhar pela fresta (...) e o que vi me fez empalidecer. A pessoa que estava com Lúcia era o Jacinto; ela abanava a cabeça; ele sor-

ria com um ar de estúpida satisfação, e abria lentamente uma nojenta carteira de couro da Rússia.

Corri o aposento com uma vista rápida e ansiada: o leito estava desfeito e os móveis em desordem. O Sr. Jacinto tirara da carteira um maço de bilhetes do banco, que Lúcia escondera no seio com um expressivo gesto de contentamento. Não havia dúvida possível; as provas da infâmia eram evidentes; e para cúmulo do cinismo, o preço depois de regateado fora pago à vista. Uma parede que desabasse não me atordoaria como aquela cena a que eu acabava de assistir. Não sei quanto tempo fiquei ali, atirado contra a porta, sem sentidos nem espírito, somente com a consciência de uma imensa dor. Quando voltei a mim, a alcova estava deserta; o Jacinto tinha partido, e Lúcia cosia no toucador, cantando a meia-voz. Hesitei se devia fugir para nunca mais ver semelhante monstro de mulher, ou se ficaria para lançar-lhe em rosto a sua ignomínia.

Conhecendo o meu passo, ela jogou de si a costura, e precipitou-se para mim; trazia o sorriso orvalhado de carícias, o olhar cheio de candura.

– Infame!

A indignação e o desespero que fermentavam no meu seio borbotaram nessa única palavra, grito e soluço de uma angústia cruel. Lúcia tornou-se lívida; vacilou. Com um supremo esforço dominando a vertigem que a tomava, cobriu-me com um olhar frio, cheio de tanta dignidade e altivez, que me colou imóvel sobre o chão. Assim pasmo e quedo, vi-a atravessar com lentidão a sala e desaparecer detrás de uma porta, que se fechou surdamente. Pareceu-me ouvir selar a lousa do túmulo, onde eu acabasse de sepultar uma porção de minha alma.

"Mas que estilo!", sorriu José Henrique, relendo as últimas linhas do texto. "Não podia ser mais típico do Romantismo. Arrebatado, lúgubre!..."

E anotou um pensamento para comentar com a garotada do Clube de Leitura: no Romantismo, nada é mais grandioso do que o amor. E é na tragédia que o herói romântico conquista grandeza. É como se o amor no Romantismo buscasse o final trágico, a morte, para se pôr à prova... para demonstrar que seu amor dura para além da morte, é eterno, é mais poderoso do que a própria morte...!

José Henrique releu inúmeras vezes aquela anotação.

E sabia que, à medida que a garotada do Clube se aproximava do final da leitura do romance, essa relação entre amor e morte *à la* Romantismo ia mostrar-se cada vez mais como a alma do *Lucíola*...

"Mas ninguém vai morrer ainda...", disse para si, e retomou a leitura.

Lancei-me pelas ruas desatinado. Às quatro horas da tarde ainda eu vagava sem destino.

O Sá passava no seu tílburi; viu-me e parou:

– Que milagre é este: ressuscitaste!

– Não me fales nisso!

– Ah! estás apenas em convalescença; mas desta vez incumbo-me de curar-te, para que não tenhas nova recaída. (...)

Durante três dias corremos os arrabaldes da cidade.

Passávamos uma tarde a cavalo por Santa Teresa na direção da Caixa d'Água, quando vimos parado defronte de uma pequena casa, reparada de novo, o Jacinto. Esse homem me atraía pelo ímã irresistível de Lúcia; e entretanto eu o detestava.

– Pertence-lhe esta casa, Sr. Jacinto? disse-lhe Sá respondendo à cortesia.

– Não, senhor. Pertence a uma pessoa do seu conhecimento, a Lúcia.

– Como! Lúcia vem morar numa casa térrea e de duas janelas? Não é possível.

– Também eu não acreditei quando ela me falou nisso! Cuidei que estava brincando; porém é negócio sério.

– Então comprou esta casa?

– E mandou prepará-la. Já está mobiliada e pronta. (...)

– Está bem! São luxos de passar o verão no campo! Não lhe dou um mês que não esteja arrependida, e não volte para a sua casa da cidade.

– Para essa, há de ser difícil, disse o Jacinto com um sorriso. (...) Na quinta-feira fechamos o negócio. Dei-lhe um conto de réis de sinal. Porém o mais interessante é que mandou fazer leilão de tudo quanto possuía, inclusive joias e roupa.

– Terá ela caído na miséria?

– Qual! Tem perto dos seus cinquenta contos e quer gozar da vida tranquilamente. Doidice; podia fazer uma fortuna, e ajudar os outros.

O Jacinto cumprimentou e desceu a ladeira. A conversa que acabava de ouvir me tinha completamente perturbado (...) obtive a narração minuciosa do que se passara. Aquela desordem do leito não fora outra coisa mais que o exame de um comprador de trastes, que antes de fechar o negócio deseja conhecer o estado da mercadoria.

"E então, *senhor* Paulo?", ralhou em pensamentos José Henrique, irritado. "Será que todo o seu choque foi perceber o que aconteceu? Que não importa o que a Lúcia faça porque, na sua cabeça, senhor Paulo, já existe sempre uma maldade da qual possa culpar a moça? Preconceito é isso! Será que o senhor foi capaz de se dar conta do que fez?"

Corri à casa de Lúcia.

– Sofri muito, ainda sofro; mas sinto a necessidade de perdoar, disse-me ela grave e melancólica (...) Não é generoso ofender a quem não sabe e não pode repelir a ofensa.

Era estranha para mim a expressão de calma e serena dignidade que se difundia pelo seu rosto e por toda a sua pessoa (...)

Pela primeira vez a mulher submissa, que temia ofender-me, mostrando-se ofendida de minhas injustiças, conservava contra mim uma queixa, e assumia o direito de perdoar. (...)

Ia balbuciar uma desculpa; ela atalhou-me.

– Não! A mulher de quem duvidou já não existe, morreu! É uma história bem triste! Ouça!

"A história de Lúcia"...

E mesmo depois de tantas vezes tendo lido aquela passagem, José Henrique respirou fundo, como se faz quando o dentista avisa que "vai doer".

– Deixamos São Domingos para vir morar na corte; tinham dado a meu pai um emprego nas obras públicas. Vivemos dois anos ainda bem felizes. À noite toda a família se reunia na sala; eu dava a minha lição de francês a meu mano mais velho, ou a lição de piano com minha tia. Depois passávamos o serão ouvindo meu pai ler ou contar alguma história. Às nove horas ele fechava o livro, e minha mãe dizia: "Maria da Glória, teu pai quer cear". Levantava-me então para deitar a toalha.

– Maria da Glória!

– É meu nome. Foi Nossa Senhora, minha madrinha, quem mo deu. Nasci a 15 de agosto. Por isso todos os anos vou levar-lhe um trabalho de minhas mãos, e pedir-lhe que me perdoe. Outrora pedia-lhe que me fizesse feliz; toda a minha família me acompanhava; agora vou só e escondida.

"Que atrevimento do Alencar! Ele deve ter dado gargalhadas, no que teve essa ideia. Primeiro, ela era *Lucíola* (o inseto noturno...) e Lúcifer... Agora, é *Maria*! Ninguém menos, Maria! E por isso Lúcia sempre foi tão encantadora aos homens. Se fosse apenas Lúcifer, como as outras prostitutas, ou somente Maria, como queriam que fossem as esposas e noivas deles, não seria tão popular. Mas Lúcifer e Maria na mesma mulher... Era irresistível. É a maneira de ele dizer algo sobre a época. Sobre o ser humano. Sobre homens e mulheres. E sobre aparência e essência, corpo e espírito: Lúcifer, aqui, no fundo da alma, continua e será sempre Maria. Ao mesmo tempo é cruel, impiedoso. Como se acreditasse num pecado mortal, algo que a corrompe o corpo, algo que a alma tem de rejeitar, negar..."

José Henrique ficou pensando se aquela discussão poderia interessar à garotada do Clube. Como não conseguiu chegar à conclusão nenhuma, deixou a ideia anotada e prosseguiu com a leitura.

– E que é feito de tua família?

– Lembra-se da febre amarela em 1850?

– Não estava aqui.

– É verdade! Foi um ano terrível. Meu pai, minha mãe, meus manos, todos caíram doentes: só havia em pé minha tia e eu. (...) Para cúmulo de desespero, minha

tia uma manhã não se pôde erguer da cama; estava também com a febre. Fiquei só! Uma menina de 14 anos para tratar de seis doentes graves, e achar recursos onde os não havia. Não sei como não enlouqueci.

Lúcia apertou a cabeça com as mãos, como se ainda temera que a razão lhe fugisse.

– Tudo quanto era possível, meu Deus, sinto que o fiz. Já não dormia; sustentava-me com uma xícara de café. Nalgum momento de repouso ia à porta e pedia aos que passavam. Pedia para meu pai enfermo, e para minha mãe moribunda, não tinha vexame. Uma tarde perdi a coragem; meu irmão estava na agonia, minha mãe despedira-se de mim, e Ana, minha irmãzinha, que eu tinha criado e amava como minha filha, já não dava acordo de si. Passou um vizinho. Falei-lhe; ele me consolou e disse-me que o acompanhasse à sua casa. A inocência e a dor me cegavam: acompanhei-o.

Lúcia fez um esforço para continuar: (...)

– Ele tirou do bolso algumas moedas de ouro, sobre as quais me precipitei, pedindo-lhe de joelhos que mas desse para salvar minha mãe; mas senti os seus lábios que me tocavam, e fugi. Oh! Não posso contar-lhe que luta foi a minha: três vezes corri espavorida até à casa, e diante daquela agonia sentia renascer a coragem, e voltava. Não sabia o que queria esse homem; ignorava então o que é a honra e a virtude da mulher; o que se revoltava em mim era o pudor ofendido. Desde que os meus véus se despedaçaram, cuidei que morria; não senti nada mais, nada, senão o contato frio das moedas de ouro que eu cerrava na minha mão crispada. O meu pensamento estava junto do leito de dor, onde gemia tudo o que eu amava neste mundo.

Lúcia escondeu o rosto nos meus joelhos e emudeceu. (...) Faltaram-me as palavras para consolar dor tão profunda: beijei Lúcia na face.

"Será", perguntou-se José Henrique, "que eu vou conseguir passar pra garotada que um escritor, principalmente tão farto em palavras quanto José de Alencar, quando faz um personagem dele dizer que lhe faltam justamente palavras, é algo muito... dramático? Um sofrimento tão intenso que é como se ele pedisse ao leitor para fechar os olhos nesse instante e se deixar senti-lo... sem palavras?". E o professor riu de si mesmo, por estar sentindo o rosto contraído, a boca seca... "Ou vai ver isso é só piração minha."

Um segundo depois, completou: "E daí, se for? Vou dar o toque neles assim mesmo. Pelo menos a garotada começa a ver que cada um reage de um jeito seu, e somente seu muitas vezes, lendo uma história dessas. Não existe uma única interpretação, existem *leituras*... Várias. Diferentes. Dependendo sempre de quem lê e como".

– (...) O dinheiro ganho com a minha vergonha salvou a vida de meu pai e trouxe-nos um raio de esperança. Quase que não me lembrava do que se tinha passado entre mim e aquele homem; a consciência de me ter sacrificado por aqueles que eu adorava, fazia-me forte. (...)

Como impelida por um choque elétrico, Lúcia ergueu-se galvanizada por súbita e violenta recordação.

– Ainda vejo! As melhoras foram aparentes! Meus dois irmãos acabavam de expirar, minha tia entrava na agonia, minha mãe tivera um novo acesso. Felizmente já meu pai estava em convalescença, e saiu para tratar do enterro. Ele não tinha dinheiro, apresentei-lhe as últimas moe-

das de ouro que me restavam. "Quem te deu este dinheiro?... Roubaste?..." Contei-lhe tudo; tudo que eu sabia na minha inocência. Ele compreendeu o resto. Expulsou-me!

– A ti que lhe salvaste a vida?

– Meu pai julgava que eu tinha um amante e iria viver com ele! A não ser assim, exporia sua filha a morrer de fome? Saí de casa. (...)

José Henrique balançou a cabeça, pesaroso.

Até hoje, ensinava em colégios onde algumas alunas largavam os estudos e iam viver das ruas. Era algo que o fazia ficar furioso com o mundo e com sua própria impotência.

"É que, numa hora dessas, não dá para apenas dizer para a menina: 'Não faça isso'. Agi assim uma vez...", e se lembrou da cena. Do rosto da garota de doze anos, sua aluna na época, que ficou olhando para ele, sem entender, e em resposta perguntou: "Mas, e aí? Faço o quê?". "E tantas que tinham de ir pra rua mesmo, ou apanhavam. Até em casa, caso se recusassem a se prostituir, apanhavam... Daí, o que eu tinha pra responder, para aquela menina? 'E aí?', 'E aí?'... E eu sem resposta... Não tive resposta nenhuma para dar a ela, foi isso!"

– (...) O único ente que me sorriu e me abraçou por despedida foi o anjinho que Deus me dera por irmã e conforto. (...) Não me esqueci dos meus. (...) nada faltou, nem médico, nem enfermeiros. A paz voltou enfim; e eu tive o supremo alívio de comprar com a minha desgraça a vida de meus pais e de minha irmã. (...) A minha felicidade estava destruída; cuidei que não havia maior infâmia do que a minha. Resolvi viver para tranquilidade e ventura de uma família inocente da minha culpa. Quinze dias depois de expulsa por meu pai era... o que fui.

(...) Todo esse dinheiro adquirido com a minha infâmia era destinado a socorrer meu pai, e a fazer um dote para Ana. (...) Minha família vivia tranquila, e seria feliz se a lembrança do meu erro não a perseguisse. Nisto uma moça quase de minha idade veio morar comigo; a semelhança de nossos destinos fez-nos amigas; porém Deus quis que eu carregasse só a minha cruz. (...) morreu tísica; quando veio o médico passar o atestado, troquei os nossos nomes. Meu pai leu no jornal o óbito de sua filha; e muitas vezes o encontrei junto dessa sepultura onde ele ia rezar por mim, e eu pela única amiga que tive neste mundo.

Morri pois para o mundo e para minha família. (...) Meus pais choravam sua filha morta; mas já não se envergonhavam de sua filha prostituída. Eles tinham me perdoado. Quando voltei, só restava de minha família uma irmã, Ana, meu anjo da guarda. Está num colégio educando-se.

Eis a minha vida. O que se passava em mim é difícil de compreender, e mais difícil de confessar. (...) Os homens que se chamavam meus amantes valiam menos para mim do que um animal; às vezes tinha-lhes asco e nojo. (...)

Mas horrível era quando nos braços de um homem este corpo sem alma despertava pelos sentidos. Oh! Ninguém pode imaginar! Queria resistir e não podia! Queria matar-me trucidando a carne rebelde! Tinha instintos de fera! Era uma raiva e desespero, que me davam ímpetos de estrangular o meu algoz. Passado esse suplício restava uma vaga sensação de dor e um rancor profundo pelo ente miserável que me arrancara o prazer das entranhas convulsas!

Comovida e lacrimosa, ela atirou-se ao meu peito, e enlaçou-me com os braços trêmulos:

– Perdão! Houve um momento bem rápido em que o odiei também! Como sofri, meu Deus! Devia resgatar essa dor a felicidade que pela dor havia perdido! (...) Tive força para sacrificar-lhes outrora o meu corpo virgem; hoje depois de cinco anos de infâmia, sinto que não teria a coragem de profanar a castidade de minha alma. Não sei o que sou, sei que começo a viver, que ressuscitei agora. Ainda duvidará de mim?

– Tu és um anjo, minha Lúcia!

– Amém! – sussurrou José Henrique. Então fechou o livro e foi se deitar.

• 13 •

Anjos do lodo

Lúcia sabia que sua mãe estava na cozinha, sentada na mesma cadeira em que a deixara. Não que tivesse parado para vê-la, nem para se despedir. Sabia, porque foi o que pressentiu, ao passar direto, e o mais rápido que pôde, pela porta da cozinha, que a mãe ficara lá a noite inteira, talvez bebendo um copo de café forte e amargo, vez por outra, mas acordada, atenta, como se estivesse de plantão, esperando para ver se Lúcia ia procurá-la.

Camélia sabia que não devia ir atrás da filha, que devia deixar Lúcia tomar a iniciativa.

Assim que acordou, Lúcia ficou um tempo imóvel deitada na cama. Porque, talvez, não tivesse acontecido, talvez tivesse sido um pesadelo. Não, não era. Ela sabia que não. Levantou-se sentindo o corpo dormente, os pés pesados, e começou a juntar tudo de que poderia precisar em sua mochila, mesmo sem noção do que iria fazer.

Não hesitou ao passar pela porta da cozinha. Mochila nas costas, saiu pela porta da frente.

Só o que estranhou, por um instante, foi o dia claro, bonito, céu azul, temperatura fresca. Tudo na medida.

"Tinha mais é de estar chovendo", reclamou consigo mesma. "Tudo cinza, o céu chorando, clima de velório...!"

Mas não. Ela logo chegava à avenida e pegava o ônibus de integração do metrô para ir para a escola.

* * *

Sem nem sequer precisar ir ao quarto dar uma olhada na filha, Camélia como que acompanhou cada vez – foram várias – que Lúcia acordou, sobressaltada. Ou nem bem acordada estava, mas se debatia na cama, brevemente, daí fechava os olhos e voltava a dormir, para que sonhos angustiados de novo a tomassem. E novamente tudo se repetia, os gemidos dela também, a aflição como uma ardência, exatamente entre os seios lá por dentro da garota.

Camélia sentia tudo como se fosse em si mesma. Em nenhum instante se questionou se poderia ser apenas uma ilusão, se estava imaginando na filha o que sentia em si. Sabia que não.

Ainda teve esperanças de que a garota fosse falar com ela, na cozinha, e seu coração sofreu uma pontada quando se deu conta de que a filha não estava mais em casa.

Várias vezes se perguntou se agira direito, se deveria ter ido falar com a filha, insistido em explicar outra vez, e outra vez, e outra vez... Deveria?

Não conseguira se resolver, e agora era tarde.

Em seu coração, ela sentia que era tarde, agora.

* * *

Daniel, para variar, estava atrasado para o colégio. Atravessou a jato o portão da casa e disparou pela rua, seus enormes tênis e seu peso retumbando de encontro ao pavimento. Ia passar direto pela padaria, na esquina, mas viu que seu pai estava do lado de fora. Aquilo não era nada habitual. Todos os dias, seu Donato se enfurnava dentro da guarita do caixa da padaria e dali não saía a não ser para conferir, na cozinha, o andamento das fornadas e as entregas de suprimentos. Pôr o pé na rua, só de noite, quando fechavam as portas.

– Pode parar, garoto. A gente tem de conversar.

Daniel brecou junto do pai. Era quase dois palmos mais alto do que ele, mas, inconscientemente, encurvava-se, sempre que parava junto de seu Donato.

Lúcia vivia dizendo que os olhos de Daniel fugiam quando o pai cravava o olhar nele. Que não paravam quietos, tentando escapar para baixo ou para os lados. A garota sentia uma espécie de mal-estar quando presenciava a cena, evitava ficar perto quando seu Donato chamava o filho do jeito que acabara de fazer.

– A gente tem de conversar – repetiu seu Donato.

– Pai, eu tô atrasado. E se a gente...

– Cala a boca! Só me escuta.

E seu Donato começou a falar. Por todo o tempo, Daniel ficou calado. Quando o pai disse tudo o que queria, Daniel ficou mais um tempo ainda calado. Piscando. Às vezes rapidamente, às vezes como se as pálpebras pesassem.

– E aí? – perguntou seu Donato.

– Posso ir pro colégio, pai? – foi o que o garoto disse, depois de um instante.

– Daniel – seu Donato pigarreou. – Eu conheço a vida. Essas mulheres... mulheres desse tipo... eu conheço também. Quando eu era rapaz da sua idade, ora... é assim que a gente aprende a ser homem, não é? Não ia fazer essas coisas com moça direita, ia? E as necessidades da gente, ora, como é que ficam? Quando a gente é homem, bem, você sabe.

Daniel baixou os olhos. Não tinha o que dizer. Porque, se fosse dizer alguma coisa, seria que então ele não havia aprendido ainda a ser homem. Não do jeito que seu Donato estava falando. Mas não ia dizer isso ao seu pai. Não, isso não. Não se atreveria, ele o olharia como se ele fosse... Como se fosse estranho, talvez. Daniel se deu conta de que o pai não sabia quem ele era, se achava que ele também havia "se tornado homem" com uma prostituta. Teve então vontade de protestar, de dizer que gostava da Lúcia. Que a amava. Que sempre havia amado aquela garota, e só ela...

Só que... era verdade, sim, ele não queria admitir, mas tudo que o pai acabava de dizer estava lhe pesando, doendo. Daniel sentiu vontade de fugir dali, e ao mesmo tempo não teve, e sabia que nunca teria, coragem de dar as costas para o pai e deixá-lo falando sozinho. Sentiu uma zoeira na cabeça, as têmporas latejando. Não conseguia escutar mais nada, e mesmo assim o pai não parava de falar:

– Já imaginou se um dia, você encarreirado na vida, respeitado, e descobrem... Tudo acabado, então, pra você! Não interessa que ela seja a filha, que a perdida seja a mãe. Ninguém quer saber. O que vão pensar de alguém que se casou com uma dessas? O que vão pensar de você? Mesmo só namorando ela, agora, é ruim! É ruim para você! Quando todo mundo souber... Vão dizer o quê? Eu sei. Conheço a vida, conheço essas donas. Elas servem pra gente se divertir. Você não pode estar achando que uma fulana dessas é para ser mulher da gente, certo? Não é pra casar. Não é como sua mãe, uma mulher decente, quieta. Uma...

– Posso ir pro colégio? – repetiu Daniel, finalmente conseguindo interromper o pai. Donato arregalou os olhos, surpreso. Nunca esperaria que Daniel o cortasse.

– Vai logo. E estamos entendidos – disse ele, secamente. Então virou as costas e entrou de volta na sua padaria.

Dali, Daniel foi para o ponto de ônibus. Caminhava lentamente, agora, e dois ônibus que serviam pararam no ponto, sem que o garoto subisse neles. Um terceiro parou também e abriu as portas em cima de Daniel, quase engolindo-o. E foi só nesse que ele subiu.

* * *

Quando finalmente se levantou da cadeira, em sua cozinha, Camélia sentiu uma fome feroz. Foi de repente. Vontade de doce. Ou melhor, muito doce. Sorvete. Colheradas e mais colheradas de sorvete. Não tinha sorvete em casa. Pegou então a bolsa para ir à padaria de seu Donato comprar.

Entrando, viu primeiro dona Carmem, por trás do balcão. A mulher arregalou os olhos, assustada, e se voltou rapidamente, sem conseguir disfarçar o gesto, para seu Donato.

O homem saiu de detrás do caixa e foi para o balcão. Sussurrou qualquer coisa para a mulher, que se afastou, e ficou observando Camélia abrir o *freezer* vertical e tirar uma caixa de plástico com sorvete de chocolate.

Camélia pegou a embalagem e a colocou em cima do balcão. Perguntou quanto era. Seu Donato grunhiu o preço, tirou uma sacola plástica de dentro do balcão e embalou a caixa de sorvete; entregando-a para Camélia colocou duas cédulas e mais três ou quatro moedas no balcão.

– Está certo – ela disse.

Seu Donato assentiu, sem pegar no dinheiro. Então, quando Camélia ia se virar para ir embora, ele disse:

– Uma amiga sua telefonou para nossa casa ontem à noite. Disse que pegou meu número no catálogo. Já era tarde. O nome dela é Dalva. Conhece, não?

Camélia ficou parada, olhando para ele. Não estava surpresa. Quase sorriu.

– Ela contou tudo – disse Donato.

– Tudo? Tem certeza? – A ironia baqueou o dono da padaria. Ele prometera a mulher, na véspera, que ia "baixar a crista daquela tal". Mas Camélia não baixara coisa nenhuma. Mesmo assim, seu Donato logo se recuperou.

– Se a senhora prometer que a sua filha vai deixar nosso filho em paz, ninguém mais na rua precisa saber da sua história.

Camélia voltou-se para ele e o encarou. Era demais. Demais. Ela abriu a boca, já tomando fôlego para dizer o que sabia que não deveria dizer, nunca, que não era próprio dela dizer coisas assim, não a enfermeira Camélia, mas afinal de contas não fora mulher da vida à toa, não para um idiota daqueles metido a sério vir lhe falar uma coisa daquelas e logo sobre sua filha, e sabia ainda que iria se arrepender brutalmente do que ia dizer, do que ia sair da sua boca, do escândalo que ia fazer, a começar atirando a caixa de sorvete depois de abri-la, na cara daquele homem, mas sabia também, e acima de tudo, que era demais. Demais. Que não ia conseguir segurar. Que ia morrer se segurasse a raiva. A indignação. A vontade de atacá-lo a dentadas, a unhadas, a...

E foi nesse momento que alguém tocou suavemente nas suas costas.

– Camélia – disse a voz.

Camélia se virou. Dona Carmem estava ali, sorrindo, já enroscando seu braço no dela.

– Carmem! – bufou seu Donato.

Carmem puxou Camélia para a porta. E disse:

– Donato, por favor, não ameace minha amiga. A não ser que não queira mais dormir lá em casa.

Camélia ficou tonta, deixou-se levar. Donato estava roxo, as veias estufadas. E ainda com um olhar apalermado, como se o teto da padaria tivesse acabado de desabar em sua cabeça.

– Como? – balbuciou ele.

– E mais uma coisa – disse Carmem, parando na porta da padaria e voltando-se para o marido. – Não convém espalhar coisas sobre minha amiga aqui. Sabe, vai pegar mal porque de agora em diante vamos andar sempre juntas.

– Carmem! – soltou Donato, pouco mais do que um ronco abafado.

Dona Carmem saiu puxando Camélia pelo braço. Na rua, a mãe de Lúcia a deteve. Uma fitou a outra. Ambas tinham lágrimas nos olhos. E se abraçaram perdidamente.

* * *

– Seu otário – disse Peninha.

Daniel não conseguia levantar a cabeça. Contara tudo o que o pai lhe dissera ao amigo.

– Otário! – repetiu Peninha. – Cheio de respeito pela garota, tá vendo só? Não podia isso, não podia aquilo. Tinha mais que se dar bem, mas não. Achava que a Escandalosa era um anjo, né? Viu só? Você é um otário.

– Você não vai contar isso pra ninguém – murmurou Daniel.

Peninha soltou um muxoxo debochado.

– Não vai não! – disse Daniel, dando um empurrão em Peninha que quase fez o outro perder o equilíbrio. Daniel era muito mais corpulento do que o amigo. – Se contar para alguém, quebro sua cara. Juro, eu te arrebento!

– Ei! Tá querendo proteger a garota ou com raiva de você mesmo por ter vacilado tanto com ela?

Daniel ficou um momento em silêncio. Quando ergueu os olhos, viu Lúcia se aproximando. Se pudesse, saía correndo. Mas como ia fazer isso? Fez um sinal para Peninha esperar por ele, depois se levantou e foi ao encontro da garota.

– Oi! – disse.

Lúcia estranhou. Sem beijo? Sem sorriso? E ele se mantinha a dois passos de distância dela. A garota já começou a se sentir acabrunhada.

– Eu tenho uma coisa pra te contar... – disse ela, a voz ainda meio sonâmbula. – Uma coisa que eu soube ontem e você... precisa saber também.

Daniel ficou um instante em silêncio. Depois disse:

– Acho que eu já sei.

Lúcia levou um susto. Demorou alguns segundos para reagir:

– A tal da Dalva...? – adivinhou.

– É... a colega da sua mãe telefonou lá pra casa, ontem de noite.

– Ela não é colega da minha mãe – irritou-se Lúcia.

Daniel engoliu em seco, desviou os olhos. A vontade de não estar tendo aquela conversa era enorme. Ele simplesmente não sabia o que dizer. Olhou para trás, Peninha estava observando tudo de longe, marcando em cima.

– A gente pode conversar depois? Tem uma lanchonete... – e ele disse o nome de uma rua.

Não era a lanchonete onde geralmente paravam, na saída do colégio. Ficava mais longe, fora de caminho. Mais uma coisa que Lúcia estranhou, na hora. Mas não conseguia pensar direito, tinha aquele zumbido que ainda não tinha sumido de vez de seus ouvidos. A garganta e os olhos ardendo. O estômago apertado, o enjoo... Não conseguira ainda entender direito o que a incomodava tanto e já escutava Daniel dizer:

– Eu tenho de resolver uma coisa ali com o Peninha.

– Tá... depois das aulas?

Daniel fez que sim com a cabeça, deu tchau e se afastou.

Lúcia ficou se sentido meio que jogada fora. Mas também foi saindo. Era coisa demais em sua cabeça. Coisa demais.

* * *

Camélia, mal chegou em casa, correu para o telefone e discou para o celular da filha. Ninguém atendeu. Deixou um recado gaguejante na caixa postal. Como se pressentisse a filha do outro lado da linha, sussurrou, fixando os olhos no telefone:

– Meu amor, aprende isso: ninguém é só anjo, ninguém é só lodo... – E não conseguiu agora conter um soluço.

* * *

Do lado de fora da lanchonete, Lúcia abriu o celular e viu que era a mãe ligando. Não atendeu. E também não quis escutar a mensagem de Camélia. Estava esperando Daniel havia mais de meia hora.

– Onde foi que ele se meteu? – reclamou impaciente, à meia-voz.

Resolveu entrar e se sentou a uma mesinha. O atendente, com um avental laranja e boné azul, logo parou junto dela. Chateada, Lúcia nem sequer o olhou. Decidiu pedir qualquer coisa, para poder esperar. De repente, teve a sensação de que o rapaz sorria para ela. Ergueu a vista pronta para descarregar tudo nele. O rapaz não apenas sorria. Ou melhor, sorria, mas era o sorriso mais aberto do mundo, iluminado. Lúcia não o reconheceu de imediato. E, no instante seguinte, o pensamento que lhe veio à cabeça foi: "Minha nossa! Só porque ele está de uniforme, e atendendo numa lanchonete, eu não reconheço o cara!...".

Mas, raciocínio rápido, resolveu que não era hora para dilemas de consciência. A Escandalosa soltaria um grito, um uivo de felina, uma gargalhada. A Lúcia Tristonha forçou-se a sorrir, disfarçando o vacilo de meio minuto atrás.

– Oi!

Era Paulo, o garoto novo no Clube de Leitura. Bem-humorado, ele respondeu:

– Que coisa! Começo hoje num emprego novo, melhor do que o que eu tinha, e olha só quem aparece aqui. Você! Sabia que era o meu dia de sorte.

– Que bom! – ela respondeu. – Porque o meu não é.

– Epa, garota bonita! O que foi que houve?

Lúcia ficou olhando para ele um instante, depois pediu:

– Me traz um guaraná, tá? *Diet*.

– Como se você precisasse.

– Ô, menino! Olha o respeito.

– Tá! Um guaraná *diet* saindo. Quer conversar sobre o *Lucíola* depois? Já tô alcançando vocês na leitura. Acho ótimas as coisas que você fala. Também acho que a gente tem um preconceito danado contra as prostitutas e...

– Fica pra outra vez, tá? Tô esperando meu...

E Lúcia brecou, sem conseguir completar a frase.

Estranhou. A parada, o engasgo. Estranhou a si mesma.

Paulo sorriu, deu de ombros, fez uma careta gozada, como se não tivesse percebido nada demais no lance. "Ou então", pensou Lúcia, "ele sacou tudo e não quer me fazer ficar mais sem graça ainda. Nossa... Devo estar com uma cara de assustar..."

Paulo se afastou, e Lúcia ficou parada, sentindo uma tristeza dentro dela como se fosse uma mariposa batendo asas, soltando pólen, cobrindo de uma camada cinzenta seu coração, seus pulmões, seu estômago. Tudo lá por dentro. Ela não tirava o olhar da porta da lanchonete. Uma balada começou a ressoar dentro da sua cabeça:

Entre por aquela porta
Agora
Diga que me adora
Você tem meia hora
Pra mudar a minha vida

E aquela tristeza que ela sentia, era o quê...? A mariposa batia as asas, a melodia ressoava lá por dentro, e tinha alguma coisa, um pensamento, um entendimento, quase chegando, quase...

Então Daniel chegou. Os olhos do garoto não paravam de dançar para um lado e outro, no que ele sentou – novamente sem beijo – na cadeira em frente a Lúcia. E nesse instante a garota percebeu o que estava errado. Daniel quis começar a falar, um assunto qualquer, sobre uns tênis que ele havia visto numa vitrina no caminho, mas Lúcia cortou:

– Você sempre senta do meu lado. E a gente fica colado, agarrado. Por que hoje tá diferente?

– Nada, é que eu...

– Não. Para! Por que você marcou comigo nesta lanchonete aqui, mais longe da escola? Foi pra não encontrar mais ninguém? E chegou tão atrasado, foi pra não esbarrar com ninguém pelo caminho, pra não arriscar de alguém querer vir com você?

Daniel ficou olhando para ela por um instante. Depois abaixou a cabeça e, a voz quase inaudível, começou a falar:

– Meu pai... me contou tudo hoje de manhã.

– Eu ia contar pra você!

– Eu sei...

– Foi a primeira coisa que pensei, quando eu soube, que tinha de contar pra você... e que queria... queria contar pra você e conversar e... é que eu precisava... de você.

Daniel não a estava escutando.

– Mas quando meu pai me parou, e me contou... Eu fiquei... zonzo... sem saber o que ia ser... – ele engasgou.

– ... Da gente? – completou Lúcia, quase sem acreditar.

Daniel não respondeu. Os olhos de Lúcia ficaram vermelhos de repente. De choro e de raiva.

– Mas eu sei o que vai ser da gente.

– Lúcia, olha...

– Podia não acontecer nada com a gente. Podia tudo entre a gente ficar como era, e a gente passar por essa coisa, essa... porcaria toda! Mas, você, Daniel... Você é muito menino. Muito dependente, muito...! Você não ia aguentar a pressão em casa se a gente continuasse junto, ia? E já sentiu que não ia! – Lúcia soltou um suspiro. – A gente já não é mais namorado, Daniel. Você já terminou comigo e não sabe.

– Lúcia – ele exclamou. A garota se levantou. Daniel agarrou o braço dela, sem se dar conta da força com que o apertou.

– Me solta.

– Senta aí!

– Vá se danar.

De repente, Daniel sentiu alguém agarrar o ombro dele:

– A garota disse pra você soltar ela – disse Paulo, ainda segurando o ombro de Daniel, com o refrigerante numa bandeja equilibrada na outra mão.

Daniel se virou, assustado, e quando viu quem era voltou-se para Lúcia:

– Mas você já arranjou um protetor, foi? Nem bem me deixou no colégio e...

Lúcia nem piscou. Pegou o copo de refrigerante e atirou em cima de Daniel. O garoto ficou feito um pateta, o cabelo molhado, escorrendo. Paulo soltou uma risada, e foi o que despertou Daniel. Ele se virou para Paulo, com a mão espalmada, e atingiu o peito dele com toda força. Paulo voou, antes de aterrissar, todo torcido, no chão. Daniel saiu bufando da lanchonete.

* * *

"Ninguém é só lodo, ninguém é só anjo...", repetiu Camélia para si mesma.

Havia horas, estava folheando o álbum com fotos de Lúcia. Colecionava aquelas fotos desde o dia em que saiu da maternidade, sozinha com a menina no colo, e fora para casa, um quarto alugado num prédio caindo aos pedaços. Mas o berço de Lúcia era novo. E também a máquina fotográfica: simples, barata, mas dava para o gasto. Foram as suas únicas compras, além de fraldas, leite e mamadeiras, com o dinheiro que tinha guardado.

Chamou uma vizinha para tirar uma foto dela com o bebê sugando seu seio, os olhos fechados, as mãozinhas mal se agitando ainda no ar. Era essa foto que estava olhando agora. Ou, por outra, seu olhar estivesse virado para dentro de si mesma.

A razão de tudo estava ali. Dentro dela mesma.

* * *

– Eu nem sei quem é meu pai! – sussurrou Lúcia. – Eu nem sei mais quem eu sou.

Alexa era uma boa ouvinte. E carinhosa. Puxou Lúcia para um abraço e apertou bem a amiga que, naquele momento, parecia um filhote caído do ninho.

– Você acha mesmo que os seus pais não se importam de eu ficar aqui uns dias?

– Não. Eles acham você engraçada.

– Eu não estou nada engraçada, Alexa.

– Mesmo assim. Eu disse a eles que você tinha brigado com sua mãe, e só. E minha mãe disse que tudo bem, mas que ela ia telefonar para a sua mãe para saber se ela concordava.

Lúcia deu uma fungada, o nariz escorrendo. Escutar falar na mãe doeu. O que ela ia fazer? Sair de casa? E viver como? E queria sair de casa?

– Eu odeio ela! – grunhiu a garota.

Alexa olhou para a amiga, espantada. Fez que não entendeu:

– Minha mãe?

– Não, a minha. Você sabe.

– Tá...

– Todos esses anos, ela mentiu para mim. Me fez pensar que eu era uma pessoa que eu não sou. E agora?

– Lúcia... – arriscou Alexa.

– O que foi? – Lúcia adivinhou que lá vinha bronca.

Mas Alexa, bem do seu jeito, puxou o cavaquinho, dedilhou um pouco, e com fundo musical, disse:

– Sei lá... mas não tô entendendo.

– Fala.

– Se a sua mãe mentiu, foi... sobre quem *ela* foi. Você continua sendo a mesma Lúcia.

– Não, é diferente.

– Diferente no quê?

Lúcia não conseguiu responder. Mas foi nisso que começou a pensar dali em diante, até dormir.

• 14 •

Sobre a possibilidade da bem-aventurança na Terra

Ou melhor, não dormiu.

Tanta coisa zunia em sua mente, ela com vontade de fugir, de apagar a luz do mundo e...

Resolveu ler o *Lucíola*. Já estava quase chegando ao final. Esforçou-se, concentrou-se...

"Bem, a Lúcia vai morar na pequena casa, afastada da cidade, e Paulo vai visitar ela de vez em quando. Daí, ela conversando com o Paulo..."

> *– Sou feliz! dizia-me [Lúcia] uma noite, muito feliz! Deus se compadeceu de mim. (...)*
>
> *Era unicamente aos domingos que eu tinha um momento de estar só com Lúcia. Então ela tomava-me a cabeça que escondia no seio com um anelo de ternura; fechava-me os olhos, e eu sentia os seus lábios roçarem o meu rosto, tão de leve como as tranças de seus cabelos; por fim olhava-me, ora sorrindo, ora séria e absorvida nos seus pensamentos.*
>
> *– Isto não pode durar muito! É impossível! murmurava como se respondesse a uma reflexão íntima.*
>
> *– Por que razão, Maria?*

– Por quê? Porque não se goza da bem-aventurança na terra.

"Coitada!...", pensou Lúcia. "Essa droga de sociedade em que vive faz ela se sentir tão culpada que acha que nem pode ser feliz."

Às duas horas costumava eu sair e fazer um passeio (...) Esse caminho estava tão cheio da imagem de Lúcia, que deixando-a em casa um momento, parecia-me que ela me acompanhava, que eu sentia a pressão do seu braço no meu e a frescura embalsamada do seu hálito na minha face; ao mais leve estremecimento das folhas supunha ouvir o rugir da seda de seu vestido. Trazia do meu passeio alguma flor silvestre, uma borboleta, qualquer coisa, colhida em sua intenção para dizer-lhe que me lembrara dela: eram relíquias para o seu coração.

Quando cheguei, Lúcia estava só no jardim, debaixo de uma espessa e sombria latada de maracujás, tão absorvida em sua meditação que não me percebeu.

(...) de súbito, empalidecendo. Toda a sua pessoa assumiu-se, tomando a expressão vaga e extática de quem é absorvido por um recolho íntimo: figurava uma pessoa escutando-se viver interiormente. Até que ergueu-se espavorida; soltou um gemido pungente levando a mão ao regaço, e caiu fulminada em meus braços.

O abalo interior que sofrera esse corpo delicado fora tão forte, que a cintura do vestido se despedaçara.

Conduzi Lúcia ao seu leito, e só depois de cruéis angústias tive o consolo de vê-la recobrar os sentidos, mas para cair logo numa prostração, em que apesar dos meus rogos e instâncias, só a ouvia murmurar surdamente estas palavras incompreensíveis:

– Eu adivinhava que ele me levaria consigo!

– Ele quem, minha boa Maria?

– O teu, o nosso filho! respondeu-me ela. (...) Senti há pouco o seu primeiro e o seu último movimento!

– Um filho! Mas é um novo laço e mais forte que nos prende um ao outro. Serás mãe, minha querida Maria? (...)

– Cala-te, Paulo! Ele morreu! disse-me com a voz surda. E fui eu que o matei! (...) o tato das entranhas maternas, sejam elas virgens ainda, não engana. Nosso filho, Paulo, o teu, porque ele era mais teu do que meu, já não existe.

À noite declarou-se a febre; uma febre intensa que a fez delirar. Foi então que conheci quanto eu vivia no seu pensamento: ela não disse no delírio uma só palavra que não se referisse a mim e a alguma circunstância de nossa vida mútua, desde o primeiro dia em que nos encontramos. (...)

Os acessos de febre repetiram-se durante três dias, e sempre mais graves. Uma tarde em que o médico apresentou a Lúcia um remédio:

– Para que é isso? perguntou ela com brandura.

– Para aliviá-la do seu incômodo. Logo que lançar o aborto, ficará inteiramente boa.

– Lançar!... Expelir meu filho de mim?

E o copo que Lúcia sustentava na mão trêmula, impelido com violência, voou pelo aposento e espedaçou-se de encontro à parede.

– Iremos juntos!... murmurou descaindo inerte sobre as almofadas do leito. Sua mãe lhe servirá de túmulo.

Lúcia se levantou da cama, apressada. No escuro mesmo, com cuidado para não acordar Alexa, vestiu suas roupas. Já havia adivinhado o que ia acontecer no romance. Ou melhor,

Lúcia era que adivinhara, quando disse que não poderia haver bem-aventurança na Terra.

Mas, então, havia algo que a garota precisava fazer. Agora. Urgentemente. Antes que... Antes de ler uma linha mais.

E logo entrava em sua casa. Estava tudo às escuras.

Em seu quarto, sem conseguir dormir, Camélia escutou os ruídos na sala, entrando no corredor. Reconheceu as passadas da filha e sentou-se na cama. Quando Lúcia escancarou a porta do quarto dela, seu rosto estava crispado de ansiedade.

– Por que... – a garota, ofegante, balbuciou. – Por que...? – mas não conseguia concluir a pergunta.

– Respire – disse a enfermeira. E Lúcia obedeceu.

Um fôlego, dois... E então disparou:

– Por que você não me abortou?

– Abortar você? – disse Camélia, suavemente. Sem espanto nenhum na voz. Com uma lágrima já escapando de cada olho. Os lábios tremendo. – Nunca!

– Vocês... as outras faziam isso, não é?

– Quando engravidavam? Muitas faziam.

– Então, por que você não me abortou? Por quê...?

Camélia respirou fundo, mas não teve de procurar muito dentro de si para responder:

– Porque eu já amava você. Eu queria ter você. Eu sabia que você ia mudar minha vida. Eu nem sabia quem eu era, até que me disseram que eu estava grávida. Mas foi aí que eu soube. Eu era alguém que, para ter você, ia mudar de vida. Isso era o que eu era. E foi assim. Você me deu forças para mudar de vida! Eu sou sua mãe, Lúcia.

As duas ficaram se olhando por um longo instante, até que Lúcia se jogou em cima da mãe, chorando. Aliás, as duas choravam, se abraçavam, riam e choravam.

• 15 •

"Recebe-me...!"

Alguns dias se passaram.

Dias em que Lúcia ia ao colégio e via Daniel à distância, ele sempre junto do Peninha. Daniel jamais olhava para ela. E também não levantava a cabeça.

Dias em que Gebê e Alexa – esta, sem querer admitir, mas quase rindo de tão contente quando falava no assunto – finalmente começaram a namorar.

Dias em que dona Carmem comunicou ao seu Donato que ia voltar a estudar e se matriculou num preparatório de vestibular. O dono da padaria fez um escândalo. Carmem prestou-lhe quase nenhuma atenção. Dali a alguns meses, para desespero de seu Donato, e de Daniel, muito solidário com o pai em achar que a mãe já não tinha idade para bancar a mocinha e resolver mudar de vida, dona Carmem passava no vestibular para uma faculdade de Letras. Não sabia ao certo o que queria fazer, mas achava que seu futuro tinha algo a ver com literatura. Não tinha pressa em decidir nada além disso. Andara inclusive batendo uns papos com o professor José Henrique, que a ajudava muito a pensar no assunto. Nesse meio-tempo, tinha praticamente se esquecido, quase sem sentir, da caixinha de comprimidos para dormir.

Já o próprio professor José Henrique começara finalmente seu romance – o romance que há anos vinha sonhando escrever. Isso significava pelo menos uma hora a menos de sono por noite, ou mais. Mas ele trabalhava feliz, e com paixão.

Tudo isso aconteceu em poucos dias, é verdade. E foi o tempo de Lúcia retomar a leitura de *Lucíola*.

O dia se passou na cruel agonia que só compreendem aqueles que ajoelhados à borda de um leito viram finar-se gradualmente uma vida querida.

Quebrado de fadiga e vencido por uma vigília de tantas noites, tinha insensivelmente adormecido, sentado como estava à beira da cama, com os lábios sobre a mão gelada de Lúcia e a testa apoiada no recosto do leito. O sono foi curto, povoado de sonhos horríveis; acordei sobressaltado e achei-me reclinado sobre o peito de Lúcia, que se sentara de encontro às almofadas para suster minha cabeça ao colo, como faria uma terna mãe com seu filho.

Mesmo adormecido ela me sorria, me falava, e cobria-me de beijos:

– Se soubesses que gozo supremo é para mim beijar-te neste momento! Agora que o corpo já está morto e a carne álgida, não sente nem a dor nem o prazer, é a minha alma só que te beija, que se une à tua e se desprende parcela por parcela para se embeber em teu seio.

E seus lábios ávidos devoravam-me o rosto de carícias, bebendo o pranto que corria abundante de meus olhos:

– Se alguma coisa me pudesse salvar ainda, seria esse bálsamo celeste, meu amigo!

Eu soluçava como uma criança.

– Beija-me também, Paulo. Beija-me como beijarás um dia tua noiva! Oh! agora posso te confessar sem re-

ceio. Nesta hora não se mente. Eu te amei desde o momento em que te vi! Eu te amei por séculos nestes poucos dias que passamos juntos na terra. Agora que a minha vida se conta por instantes, amo-te em cada momento por uma existência inteira. Amo-te ao mesmo tempo com todas as afeições que se pode ter neste mundo. Vou te amar enfim por toda a eternidade.

A voz desfaleceu completamente, de extenuada que ela ficara por esse enérgico esforço. Eu chorava de bruços sobre o travesseiro, e as suas palavras suspiravam docemente em minha alma, como as dulias dos anjos devem ressoar aos espíritos celestes.

– Nunca te disse que te amava, Paulo!

– Mas eu sabia, e era feliz!

– Tu me purificaste ungindo-me com os teus lábios. Tu me santificaste com o teu primeiro olhar! Nesse momento Deus sorriu e o consórcio de nossas almas se fez no seio do Criador. Fui tua esposa no céu! E contudo essa palavra divina do amor, minha boca não a devia profanar, enquanto viva. Ela será meu último suspiro.

Lúcia pediu-me que abrisse a janela: era noite já; do leito víamos uma zona de azul na qual brilhava límpida e serena a estrela da tarde. Um sorriso pálido desfolhou-se ainda nos lábios sem cores: sublime êxtase iluminou a suave transparência de seu rosto. A beleza imaterial dos anjos deve ter aquela divina limpidez.

– Recebe-me... Paulo!...

Lúcia se encolheu toda em sua cama. Aquele "recebe-me", Lúcia entregando sua alma ao amado, como uma noiva no altar, o fim da sua história, deu na garota um aperto no coração.

"Ela...", entendeu Lúcia, "só conseguiu se entregar a ele depois de morta. Ninguém naquela época ia aceitar que eles ficassem juntos, que fossem felizes. Nem naquela época... nem hoje!".

E a garota sentiu uma lágrima escorrer pelo rosto, a garganta fechar, a boca ficar seca. "Até na cabeça da Lúcia, o corpo dela estava... sujo... perdido... Ela tinha de morrer para se libertar do corpo e salvar sua alma. Só a alma poderia amar. Só..."

Um soluço sacudiu a garota. Ela sentou-se e balançou a cabeça, como se estivesse dizendo algo à heroína da história. E abraçou o livro, bem junto aos seios, os olhos úmidos...

"E a última palavra da vida dela foi o nome dele. Minha nossa, é tão lindo. Dói na gente de tão lindo. Dói tanto que quase não dá coragem de ler. Mas que bom que eu li, que bom que eu... É tão lindo! Dói, machuca, corta a gente... e é lindo!"

E foi nesse instante que escutou uma batida em sua janela. Não podia ser em hora mais inconveniente. Lúcia quis fingir que tinha sido só impressão sua, mas a batida no vidro se repetiu, e de novo, e de novo. Então ela se recompôs o mais depressa que pôde e como pôde, levantou-se da cama, embrulhou-se no lençol e foi abrir a janela.

– O que você está fazendo aqui, ô pateta? – disse, quando reconheceu quem era. – E a essa hora?

– Isso é maneira de falar com alguém que apanhou pra te defender?

– Não força! – disse Lúcia, mas sorriu. Era óbvio que os olhos dela estavam inchados, vermelhos, que o rosto tinha acabado de ser esfregado. Era óbvio que Paulo havia reparado. E não dissera nada. Lúcia sorriu: gostou de ele não ter dito nada. Gostou muito. E, realmente, enfrentar um cara do tamanho de Daniel para defendê-la fora um bocado... como era mesmo a palavra? Lembrou-se: galante. Fazer isso fora muito galante por parte do Paulo.

E Paulo, por sua vez, sorria encantado por ter conseguido tirá-la da cama:

– Um passarinho me contou que você está sem namorado agora.

– Aposto que foi um passarinho que toca cavaquinho.

– Pode ser – riu ele. – Daí, vim saber se você não está sentindo falta de alguém que faça umas serenatas para você.

Lúcia não conseguia acreditar em tanta cara de pau.

– Meu antigo namorado nunca fez serenatas para mim.

– Ah, eu sabia! E eu sou ótimo em cantar baladas.

– Baladas...! Carinha bem-informado!

– É. Então...?

– Então nada! – cortou Lúcia. E agora estava falando sério. Paulo percebeu a mudança de tom, e se calou. – Eu acabei de terminar um namoro. Não tô com cabeça para pensar em mais ninguém, entendeu?

– Entendi – respondeu o garoto, agora com um sorriso amigo, carinhoso. – Eu espero.

Lúcia desmanchou a seriedade, fez uma careta para ele e botou-lhe a língua, bem para fora, no melhor estilo *escandalosa*.

Deram-se tchau, a garota fechou a janela e voltou para a cama.

O livro ainda estava lá.

Ela começou a afagá-lo e foi assim, seus dedos acarinhando a capa do *Lucíola*, que pegou no sono.

Teve sonhos bons.

Outros olhares sobre *Lucíola*

Você participou da intensa e trágica vida de Paulo e Lucíola, além de acompanhar as reviravoltas no cotidiano da adolescente Lúcia. Agora, conheça mais sobre José de Alencar e sobre as influências que ele teve para escrever Lucíola.

Crítico, dramaturgo, político, jornalista, romancista...

São muitos os títulos que podemos dar a José de Alencar. Não é apenas no campo da literatura que esse nome figura como um dos mais importantes do século XIX, mas também na política, no teatro, no jornalismo... enfim, na cultura do país em meados do século XIX.

José Martiniano de Alencar nasceu em Mecejana, Ceará, no ano de 1829, mas se mudou, ainda menino, para o Rio de Janeiro. Seria na Corte, na capital do recém-formado Império, que José de Alencar desenvolveria o gosto pelos romances e a capacidade de registrar ideias importantes para o debate sociopolítico de seu tempo; além, principalmente, de criar personagens que refletiam os conflitos humanos, isso em qualquer época.

Foi no Rio de Janeiro que Alencar estudou quando criança e adolescente. Entre 1845 e 1850, em São Paulo e Olinda, cursou a Faculdade de Direito. Formado, voltou ao Rio com a intenção de se dedicar à advocacia, mas as letras e o teatro o seduzem: começou a escrever para jornais como o *Correio Mercantil* e *O Diário do Rio de Janeiro*, no qual chegou a assumir o posto de redator, e publicou, em folhetins, seu primeiro romance de sucesso, *O Guarani*, em 1857. Entre 1857 e 1860, o autor se dedicou ao teatro, escrevendo peças como *O demônio familiar* e *As asas de um anjo*, todas representadas no Teatro Ginásio Dramático, cuja orientação ideológica era a construção de uma dramaturgia brasileira, que refletisse a realidade nacional daquele momento. A

Alberto Henschel/Museu Histórico Nacional

José de Alencar foi um dos principais intelectuais brasileiros do século XIX.

partir de 1860, Alencar ingressou na carreira política (exercendo o cargo de deputado provincial) e intensificou sua produção de romances, além de publicar vários escritos sobre política e ensaios de crítica literária. Uma longa e produtiva carreira intelectual, sem dúvida.

Os romances de Alencar foram muito importantes para formar um público leitor brasileiro, ambientando no Brasil tramas românticas que antes eram acompanhadas nos folhetins franceses traduzidos. O próprio Alencar revelou, em alguns textos, sua formação como romancista por meio da leitura de romances europeus. Um dos testemunhos mais interessantes, nesse sentido, é um pequeno relato, publicado postumamente sob o título *Como e por que sou romancista*:[1]

> *Minha mãe e minha tia se ocupavam com trabalhos de costuras, e as amigas para não ficarem ociosas as ajudavam. Dados os primeiros momentos à conversação, passava-se à leitura e era eu chamado ao lugar de honra.*
>
> *[...]*
>
> *Uma noite, daquelas em que eu estava mais possuído do livro, lia com expressão uma das páginas mais comoventes da nossa biblioteca. As senhoras, de cabeça baixa, levavam o lenço ao rosto, e poucos momentos depois não puderam conter os soluços que rompiam-lhes o seio.*
>
> *[...] Nesse instante assomava à porta um parente nosso, o Revdº Padre Carlos Peixoto de Alencar, já assustado com o choro que ouvi-*

1. ALENCAR, José de. *Como e por que sou romancista*. Campinas: Pontes, 1990. Esse texto, como muitos outros do autor (cujo direito autoral é livre), consta em bibliotecas virtuais.

Pinacoteca do Estado, São Paulo.

O pintor José Ferraz de Almeida Júnior retrata o hábito de leitura no século XIX, em casas da burguesia.

ra ao entrar – vendo-nos a todos naquele estado de aflição, ainda mais perturbou-se:

– Que aconteceu? Alguma desgraça? – perguntou arrebatadamente.

As senhoras, escondendo o rosto no lenço para ocultar do Padre Carlos o pranto e evitar seus remoques, não proferiram palavra. Tomei eu a mim responder:

– Foi o pai de Amanda que morreu! – disse, mostrando-lhe o livro aberto.

Compreendeu o Padre Carlos e soltou uma gargalhada, como ele as sabia dar, verdadeira gargalhada homérica [...].

Foi essa leitura contínua e repetida de novelas e romances que primeiro imprimiu em meu espírito a tendência para essa forma literária que é entre todas a de minha predileção.

Neste trecho, Alencar relata um dos costumes de sua casa, que era também o de muitas famílias abastadas da época: reunidas algumas pessoas, uma lia em voz alta para as outras, que escutavam atentamente e participavam da história. Alencar, ainda menino, era o leitor de sua casa, como mostra a cena que ele relatou anteriormente. Isso nos faz perceber que a leitura de um romance, no século XIX, não era uma tarefa escolar, mas uma forma de entretenimento. Além disso, as pessoas se identificavam com as narrativas: mais do que ouvir, *viviam* a história. O que nos faz entender de onde veio a relação que existe entre o público e as novelas televisivas, atualmente.

Um escritor imoral?

No século XIX, em que ainda não havia meios de reprodução de som e imagem (essenciais para a existência do cinema e da televisão), a literatura e o teatro tinham fundamental importância nas formas de lazer e diversão. Alencar se dedicou a ambos, e daí veio sua popularidade como intelectual.

Depois da publicação do amor ingênuo de Peri e Cecília, no célebre *O Guarani*, primeiro romance em que o autor veicula seu nacionalismo indianista, Alencar se engaja no movimento pela nacionalização do teatro, iniciado pelo Ginásio Dramático. Seu envolvimento com o teatro revela outra faceta do escritor: a reprodução mais realista dos fatos e a preocupação crítica e moralizante de suas peças.

Nas peças que escreveu, Alencar apontou problemas sérios da sociedade brasileira da época, como em *As asas de um anjo*, escrita em 1857 e encenada em 1858. Essa peça nos interessa por dois motivos: o tema que apresenta e a recepção polêmica que obteve.

As asas de um anjo traz como protagonista Carolina, uma jovem que se apaixona por Ribeiro, confiando na perspectiva de uma vida luxuosa. A moça se deixa raptar, trocando a vida segura pela aventura amorosa e, posteriormente, pela prostituição. O auge de sua degradação é quando encontra o pai, bêbado, e ele tenta seduzi-la. Carolina, a partir de então, entra num processo de regeneração: arrepende-se, e, ao final da peça, ainda casa com Luís, levando uma vida casta e reintegrando-se na sociedade.

Por conta da apresentação, sem rodeios, de temas considerados tabus, a peça foi considerada imoral. A polícia impediu sua exibição e o assunto ganhou a imprensa, num acalorado debate.

Alencar se dedica a defendê-la e a afastar de seu nome o rótulo de "escritor imoral", o que faz em artigo publicado no *Diário do Rio de Janeiro* em 26 de junho de 1858.[2]

> *A lei menciona três causas de proibição de uma obra dramática, e são: o ataque às autoridades constituídas, o desrespeito à religião, e a ofensa à moral pública; não havendo na minha comédia nada de relativo às duas primeiras causas, conjeturo que a acusação de imoralidade feita por alguns espectadores demasiadamente escrupulosos foi o único fundamento da ordem policial.*

Esse trecho mostra o quanto Alencar se demonstra perplexo diante da hipocrisia da sociedade. Temas como sedução, adultério e prostituição já eram conhecidos do público carioca, em peças como *A dama das camélias*, de Dumas Filho, *Marion Delorme*, de Victor Hugo, e *As filhas de mármore*, de Thiboust et Barbiere, que foram aplaudidas pelo público e não passaram por problemas com a censura e a polícia.

Mas Alencar não se dá por vencido, apesar de a censura ter perdurado por dez anos. Depois da polêmica, o autor edita a peça e coloca o artigo mencionado como prefácio do livro. Além disso, escreve, alguns anos depois, outro romance que aborda o tema da prostituição: *Lucíola*.

Como foi o primeiro romance escrito por Alencar depois de *As asas de um anjo*, com óbvias

Lucíola, série Bom Livro, Ática

A caricatura brinca com a censura à peça *As asas de um anjo*, mostrando os pés e mãos de Alencar atados.

---

2. Os trechos aqui reproduzidos foram retirados de FARIA, João Roberto de. *Ideias teatrais: o século XIX no Brasil*. São Paulo: Perspectiva/Fapesp, 2001. Apud NASCENTES, Zama Caixeta. "Teatro e romance em José de Alencar: *As asas de um anjo e Lucíola*". http://www.cefetpr.br/deptos/dacex/zama7.htm.

relações temáticas, há autores que afirmam que o romance é uma espécie de resposta de Alencar às críticas feitas à peça. O fato é que, na primeira edição do livro, em 1862, o autor não assume sua autoria, adotando um pseudônimo: G. M., sobre o qual muito se teria especulado na época.

Além de não assinar com seu nome verdadeiro a primeira edição de *Lucíola*, Alencar a edita com recursos próprios, em segredo, provavelmente temeroso de represálias. Porém, não se dá, em torno do livro, a polêmica que envolveu a peça, destacando-se apenas a crítica do imperador D. Pedro II, que declarou que o romance era "licenciosamente realista". Nas edições posteriores, Alencar passou a assumir a autoria da obra.

Diante de todo esse histórico de polêmicas envolvendo Alencar, surge uma importante pergunta: se o público carioca estava acostumado à exibição de peças e à leitura de folhetins europeus que tratavam do tema da prostituição, qual o motivo da perseguição à obra de Alencar? Podemos supor um motivo: a hipócrita sociedade da época aceitava ver as "imoralidades" parisienses de Marguerite ou Manon, mas não as queria ambientadas nas terras brasileiras. Principalmente quando a alta sociedade da corte carioca era representada em toda a sua licenciosidade, hipocrisia e crueldade, como acontece em *Lucíola*.

"Mulheres perdidas" na literatura ocidental

Manon? Marguerite? Quem são essas personagens?

O drama das protagonistas de Alencar, Carolina e Lúcia, não é inovador. Essas personagens fazem parte de um tema muito abordado na literatura ocidental, sobretudo na literatura romântica europeia, entre os séculos XVIII e XIX: o "mito da mulher perdida".

Na literatura francesa, inclusive, há dois romances que influenciaram diretamente o autor de *Lucíola*. O primeiro deles é *Manon Lescaut*, de Antoine François Prévost (conhecido literariamente como Abade Prévost), publicado em 1731. O segundo é *A dama das camélias*, de Alexandre Dumas Filho, publicado em 1848. Ambos apresentam como personagens principais mulheres que usam seu corpo e sua sedução para sobreviver.

O romance de Prévost é a história em que um jovem, chamado Des Grieux, conta seu infortúnio: aos 17 anos, prestes a ingressar na vida eclesiástica, encontrou uma jovem encantadora, por quem se apaixonou loucamente. Era Manon Lescaut. Des Grieux decidiu fugir para Paris para viver com ela. Manon queria luxo e prazeres, e se mantinha fiel a Des Grieux enquanto ele a sustentava. Quando o dinheiro acabava, ela arranjava outros amantes. Temendo ser traído por Manon, Des Grieux era conivente com a prostituição e os roubos da mulher. Até que os dois são presos como ladrões, e Des Grieux chega a matar um homem para libertar a amada. Ao final da história, quando o casal é deportado para a América, eles se regeneram. Mas, como Manon é dada em casamento a outro homem, pela autoridade da província, eles fogem e Des Grieux vê sua amada morrer em seus braços.

O romance *A dama das camélias* apresenta, também, o drama de um jovem, Armand Duval, que se apaixona por uma prostituta de luxo, Marguerite Gautier, sem saber que ela é uma cortesã. Marguerite está doente, tuberculosa; mas ela não se trata, temerosa de que o repouso afaste os clientes e, portanto, o sustento de sua vida luxuosa. Armand lhe declara o seu amor, no qual ela não acredita. Mas não resiste muito tempo: entrega-se ao amor de Armand. Ele, porém, tem ciúmes dos outros amantes de Marguerite, que o convida para ir passar o verão no campo, decisão que muda o relacionamento dos dois: longe dos olhares da sociedade, passam a ter uma relação amorosa, sem medo de repreensões. Marguerite decide alugar uma casa no campo e abandonar a prostituição. Fazem planos de casamento. Porém, o pai de Armand a procura e, cruelmente, enumera as consequências dessa união: o moço seria discriminado e, o que seria ainda pior, desonraria toda a família, destruindo o noivado de sua irmã. Temendo ser como Manon Lescaut e destruir a vida do amado, Marguerite foge de Armand, para morrer solitária. Ele só volta a Paris para vê-la morta e, tomado pela tristeza e o desespero, conta sua história a um narrador, que declara escrever o que ouviu.

Você percebeu a relação que se estabelece entre Manon Lescaut e Marguerite Gautier? Não apenas pela semelhança de si-

MGM/Album

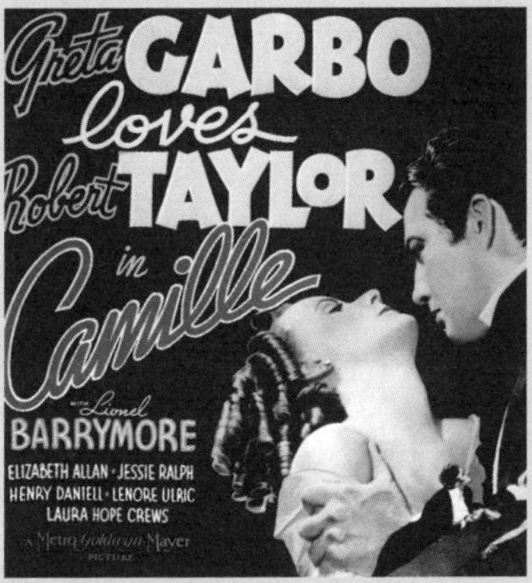

A dama das camélias foi adaptada inúmeras vezes para o cinema e o teatro. Em 1852 (apenas quatro anos depois da publicação do romance), Giuseppe Verdi cria a ópera *La traviata* (em português, "A transviada"), com base no romance de Dumas Filho. Acima, cartaz do filme *Camille*, de 1936, dirigido por George Cukor, em que Greta Garbo interpreta Marguerite Gautier.

tuações no enredo, mas porque a personagem do romance de Dumas Filho lê o livro do Abade Prévost, analisando e julgando o comportamento de Manon. Apesar da regeneração final, o romance de Prévost apresenta a prostituta como um ser perigoso, movida unicamente pelo desejo do prazer e do luxo. E Marguerite condena Manon: afirma que alguém que ama não age como ela. Se *Manon Lescaut* e *A dama das camélias* estão ligados, não podemos deixar de mencionar mais um detalhe nesse diálogo entre romances: Lúcia, no capítulo XV de *Lucíola*, lê o romance de Dumas Filho. Assim como Marguerite, Lúcia também adoece, mas não acaba na solidão. Paulo está ao seu lado em seus últimos dias, os mais felizes e tranquilos de sua existência, e no momento de sua morte.

Manon, Marguerite e Lúcia são três personagens de uma gama de cortesãs que aparecem na literatura romântica. E todas têm o mesmo destino: a condenação social e a morte.

"Lucíolas" nas telas

A importância do romance *Lucíola* e seu diálogo com outras obras de arte não se restringe ao século XIX. No Brasil, houve algumas adaptações do romance para o cinema.

O primeiro filme que trouxe o livro de Alencar para a tela do cinema foi *Lucíola*, dirigido por Franco Magliani, em 1916. O papel de Lúcia foi interpretado por Aurora Fúlgida, atriz romena que veio para o Brasil. A atuação de Aurora Fúlgida contribuiu para o sucesso do filme que, atualmente, é considerado raridade.

Em 1951, o filme *Anjo do lodo* traz novamente *Lucíola* para os

Folha Imagem

Em 1956, Dary Reis e Dercy Gonçalves trouxeram para os palcos brasileiros a romântica trama do moço rico que se apaixona por uma cortesã.

cinemas, mas, dessa vez, apresentando uma versão contemporânea e livremente inspirada no enredo do romance: enfoca uma cidade do interior brasileiro, em que uma prostituta chamada Lúcia cria um triângulo amoroso. Foi produzido pelo Estúdio Cinédia e dirigido por Luís de Barros. O papel de Lúcia foi estrelado por Virgínia Lane, vedete que estava no auge de sua carreira. O filme, inicialmente liberado pela censura com ressalvas, teve sua licença de exibição suspensa, que só foi liberada depois do corte da cena em que a silhueta de Virgínia Lane, nua, aparecia projetada numa parede. O então deputado Jânio Quadros liderou o movimento pela interdição da fita. Na capital paulista, o filme foi exibido em dezesseis cinemas, alguns com até sete sessões por dia. Apesar da polêmica (ou talvez por causa dela?), o filme foi um sucesso de público. Em 1975, foi feito um *remake* do filme, que ganhou o título *Lucíola, o anjo pecador*.

Além das versões cinematográficas, a Rede Record de Televisão produziu *Essas mulheres*, novela exibida entre maio e outubro de 2005, que foi inspirada em três romances de José de Alencar: *Diva*, *Senhora* e *Lucíola*. Assim como no enredo de Alencar, Lúcia é uma prostituta de luxo que se apaixona por Paulo, mas o amor deles é ameaçado pelas convenções sociais.

Cinédia

Anjo do lodo, considerado imoral pela sociedade brasileira dos anos 1950, estrelado por Virgínia Lane.

DESCOBRINDO OS CLÁSSICOS

ALUÍSIO AZEVEDO

O CORTIÇO

Dez dias de cortiço, de Ivan Jaf

O MULATO

Longe dos olhos, de Ivan Jaf

CASTRO ALVES

POESIAS

O amigo de Castro Alves, de Moacyr Scliar

EÇA DE QUEIRÓS

O CRIME DO PADRE AMARO

Memórias de um jovem padre, de Álvaro Cardoso Gomes

A CIDADE E AS SERRAS

No alto da serra, de Álvaro Cardoso Gomes

O PRIMO BASÍLIO

A prima de um amigo meu, de Álvaro Cardoso Gomes

EUCLIDES DA CUNHA

OS SERTÕES

O sertão vai virar mar, de Moacyr Scliar

GIL VICENTE

AUTO DA BARCA DO INFERNO

Auto do busão do inferno, de Álvaro Cardoso Gomes

GREGÓRIO DE MATOS

VIDA E OBRA

Guerra é guerra, de Ivan Jaf

JOAQUIM MANUEL DE MACEDO

A MORENINHA

A Moreninha 2: a missão, de Ivan Jaf

JOSÉ DE ALENCAR

O GUARANI

Câmera na mão, *O Guarani* no coração, de Moacyr Scliar

SENHORA

Corações partidos, de Luiz Antonio Aguiar

LIMA BARRETO

TRISTE FIM DE POLICARPO QUARESMA

Ataque do Comando P. Q., de Moacyr Scliar

LUÍS DE CAMÕES

OS LUSÍADAS

Por mares há muito navegados, de Álvaro Cardoso Gomes

MACHADO DE ASSIS

RESSURREIÇÃO/A MÃO E A LUVA/HELENA/IAIÁ GARCIA

Amor? Tô fora!, de Luiz Antonio Aguiar

DOM CASMURRO

Dona Casmurra e seu Tigrão, de Ivan Jaf

O ALIENISTA

O mistério da Casa Verde, de Moacyr Scliar

CONTOS

O mundo é dos canários, de Luiz Antonio Aguiar

ESAÚ E JACÓ E MEMORIAL DE AIRES

O tempo que se perde, de Luiz Antonio Aguiar

MEMÓRIAS PÓSTUMAS DE BRÁS CUBAS

O voo do hipopótamo, de Luiz Antonio Aguiar

MANUEL ANTÔNIO DE ALMEIDA

MEMÓRIAS DE UM SARGENTO DE MILÍCIAS

Era no tempo do rei, de Luiz Antonio Aguiar

RAUL POMPEIA

O ATENEU

Onde fica o Ateneu?, de Ivan Jaf